JN198937

憧れの世界

――翻案小説を書く

青木淳悟

代わりに読む人

憧れの世界

——翻案小説を書く

目次

※本書収録の小説は、アニメ『耳をすませば』の内容に多くを負っています。

〈青春懺悔の記〉いかにファンでなかったか？

一九九五年七月、劇場公開された「本作アニメ」の存在を拒絶するところから、一人のファンの失意の記憶というものが始まる。

この年は春から高校生、十六歳になる年だった。当時流れていたテレビCMもよく覚えているくらいだし、ジブリアニメならむしろ喜んで観るはずが、「観てはいけない」か「観ないほうがいい」か、ひょっとすると「観なくていい」などと考えたのかもしれない。

どうしてこうも抵抗があったのか——ジブリが恋愛ものや青春ものを描こうとする姿勢をあんなにも憤ったのか。CMではヒロインの少女が自転車の荷台にスカートで横座りするあの乗り方——つまり「魔女宅のキキ(13)」みたいな乗り方じゃない——をしつつ、前でペダルを漕ぐ少年の背にそっと額をつける映画のワンシーンが流れ、宣伝文句となるヒロインのモノローグが重ねられる。

「——好きなひとが、できました」

画面の向こうは青春真っ直中、ジブリとしては珍しく現代日本が舞台であり、思春期の少年少女（まだ中学生！）の恋物語というやつが描かれるのだろう。そして、観ないという判断を下すのである。

後日私は学校の教室で、そこそこ仲のよかった同級生の男子がふと『耳をすませば』を観に行った」と発言するのを耳にし、しかも近くの席の女子生徒とその場で目を見交わして二人がデレりと笑うのを目撃することになる。……ああコイツらは、二人でアレを観に行ったのだ（新所沢のパルコで？）。笑った彼女が急に可愛く見え出したこと、映画の実際の内容を知りもしないのに二人の経験や思い出に「羨望」したこと、そういう場面全体を鮮明に思い出せる。

九五年の夏休み直前のこのとき、私はとても格好悪い仕方で部活仲間と二人一緒に入部したばかりの陸上部を辞め、何の目標もない長期休暇を迎えようとしていた。ぼんやりした性格の男子二人（ともに長距離種目）が連れ立って体育館内の体育科教員室に赴き、「あのう、部活辞めたいんですけど……」などと体育教師の女性顧問に訴えたこと。その後一人の、少し不良っぽい短距離のカッコいい先輩から呼び出されたうえ、二人並んでそこに立たされ、ついにグーで殴られるという事態に至る。

（うわなんだこの修羅場感……まるで「青春の一頁」みたいな展開は……!?）

「ダシッ」

「ダシッ」

そのとき先輩の背後から、同学年同士の部内カップルである先輩の彼女がタイミングよく止

めに入ってくれる。しっかり一発ずつ殴られたあとで、
「ねえちょっと！　そういうのやめなよ！」
「あーあもう辞めていいわお前ら、行けよ」

青春は苦手だ。『耳をすませば』を劇場で観なかった判断は、当時の心境からしたらきっと妥当なところだったのだろう。遠い異国の地が舞台だとか、別の時代の物語ならきっと純粋に楽しめるはずなのに、よりにもよって同年代のジブリキャラクターが現代の日本の町に登場しようとは。その近さに対して警戒もするし、逆に青春らしい青春は自分にとってずっと縁遠く、何ともやるせない気持ちになる。夢も目標も所属もなくして。

こんな男がどうしたらあの手の青春恋愛映画（？）にたどり着けたというのか。いまそこにいる十六歳は「ら抜き言葉」で諦めを口にする。「そんなの絶対観れやしない……」。

映画ではもちろん恋愛のピュアな部分も瑞々しく描かれていたが、それにも増して少年少女は自分の将来を遠く見据えて足を踏み出し、夢に向かって果敢に挑戦するのである。ヒロインにとっての「高校受験よりも大事なこと」と少年の「進路（イタリア行き）」――。あの内容には、もしも二人のように中三だった受験期の前年夏に触れていても辛かったろうが、帰宅部となった高一の夏に映画館で直面していたらと思うと、きっと格別な精神的打撃を受けたはずだ。「一歩も踏み出せずにいる」自分と彼らの差に。したいこともすべきことも見いだせない

高校生活の現実と、中学生二人の物語と。

「ああ、もう働くしかないかなあ（宮崎アニメ的な「自立や成長につながる労働」とはきっと異なる、現状打開か逃避の一手段として）……」

その夏「一緒にバイトしねぇ？」と、帰宅部同士で連れ立って地元の漬け物工場での短期アルバイトに応募する。勤務開始後まもなく、相方の（いかにも料理しない男という感じの）手際の悪い作業を横目に、私は野菜の皮むきなどで真価を発揮する——一本の大根を七〜八回の動作で瞬時にむき上げ、「皮むきはお手のものだ」と自負したあのときの記憶。また別の現場で二人一緒に大量の甘エビの殻をむいていたとき、相方は貧血か甲殻アレルギーでもあったのか、突然その場で尻餅をつくように倒れてしまった。体勢を崩していく彼の動作がスローモーションで目裏に浮かぶ。結局私だけがその回転寿司店の裏方バイトとして残り、その後高三の夏まで二年間勤めることになる。

おそらくは高校時代、どの時点かでテレビ放映された『耳をすませば』を観ていたと思う。「十六歳で観なかった」という明確な記憶はあるのに、ファンとして「何歳で観たか」に答えられないというのもひどい話なのだ。そして初めてそれを観た時点でさえ、私はまだファンになっていない。

§

ところで本作アニメは世間一般からどう受容評価されているだろう。極めて短絡的ながら「宮崎監督作ではない」ことで、あるいはあれらの冒険活劇や魔法物語やお伽話や異郷訪問譚などとは一線を画した現代ドラマとして、もしかしたら軽く扱われているところはないだろうか（何しろ「メカ」が一つも出てこないのである）。本作はもちろん近藤喜文監督作であり、宮崎駿は「制作プロデューサー・脚本・絵コンテ」とクレジットされる（そして原作漫画の作者は柊あおいである）。

ジブリの名プロデューサー鈴木敏夫が近年のインタビューで制作当時を振り返っているが、「宮さん」と「近ちゃん」という両アニメーターについて、本作がどちらの作品だったかは「僕には分かりません」と答える。

――「この作品は、近藤喜文監督作品であると同時に、『宮崎アニメ』でもあります。宮さんの絵コンテで近ちゃんが監督をすれば、もうひとつの宮崎アニメを作れるということが分かってしまった。それがいいことなのか、悪いことなのか、僕としてもずいぶん悩みました。」（『ジブリの教科書9　耳をすませば』P58）

制作過程のくわしい経緯はともかく、仮にそのあたりの「基本情報」に目が向かないことが、アニメファンらの視聴体験に何かしら影響してやいないかと、私は僭越ながら勝手に危惧してしまう。公刊されている宮崎駿の絵コンテ集のあのいわずと知れた完璧さにも、語られる近藤喜文の才能と人間性と内に秘めた情熱にも感動したあとで、そこに結実した成果としての『耳をすませば』を観る楽しみ方もある（……ちなみに前掲書のインタビューの内容だが、現場での宮さんのたぶん有名な横暴ぶりから始まって、穏和な近ちゃんがそれでも意地で守ろうとしたヒロイン像——淑やかな少女であるからどのアングルでもパンツ見せないなど——についてまで、制作過程からうかがえるアニメーターらの人間ドラマに焦点を当てた熱い語りに接すると、ジブリに鈴木敏夫という人物がいなければならない理由がよく分かる）。

まったくお門ちがいな心配なのかもしれないが、ここで少しだけそうした面に注意を促しておきたいと思ったのだ。かくいう私自身がかつて本作に「宮崎アニメではない」との印象を抱き、ジブリファンたる自分の受けとめ方に確実に偏りがあったと感じているからだ。劇場公開を素通りしたうえテレビ放映されたのを後追いで観て、「そうか、こういうのだったか」と、あたかも内容のみ確認して満足するような冷淡さで接したと記憶する。まだファンでない人間として「一回観ておけばいい」と通り過ぎてしまった。しかしこんな薄い反応が、そう珍しくもなさそうだとの予感もある。——後年、身近な文芸業界の人らに『耳すま』について話を振ると、どういうわけかみな示し合わせたように「一回は観ている」と、さも平然と告げてくるという憂うべき現実に直面することになる……。

単純に悔しいのだ。いま思えば当時の自分は何を観ていたのかと糾弾したくもなる。十代にして端から青春を諦めた人間か、もう何にも突き動かされることのない朴念仁か。ヒロインは少年の夢を追いかける姿に触発され、自らの手で一篇の物語を書き上げることを決意する――そのことで一時は「高校なんて行かない」などと学業を疎かにしつつも波乱を乗り切り初志を貫徹するのである。一方私は高校三年生となり、ぼんやりと大学受験を意識し始めていた頃だが、それまで自分の「小説家になる夢」を誰にも明かしたことがないままだった。まったく何もしていない。一歩も踏み出せていないばかりか、一行たりとも書き出していない十八歳だった。

三年生の一学期の終わり頃か、進路について担任教師と母親を交えた三者面談があった。行動面では何もしていないはずの私が急きょその場で、当面の進路とはほとんど無関係な心情を吐露するように「小説家になるために大学を目指す」などと夢を告白する。きっと熱に浮かされただけで、普通こういう真意は安易に口にしたりせずとくに教師や親には隠しておき、陰でひたむきに努力してこそ本当だろう。

しかし担任のM先生（日本史）はとても人間味のある人物で、どんな状況でも直言を厭わない変わり者タイプの教師でもあり――さらに教科書の執筆を依頼されるほどの日本史プロフェッショナルにして飴玉すら舐めない日本酒党――、つまり生徒に対して親切なのでこう諭されたのであった。

「いや青木君ねえ、それだけは、それだけはキミやめておけよ。だいたいその夢が叶ったとしても、筆一本で食っていける作家なんて本当にごくわずかしかいないんだから」

このあと九七年七月公開の『もののけ姫』はしっかりと映画館で観ているが、現役での大学受験には失敗し浪人することが決定する。浪人中は予備校に通う一方で小説を一冊も読むことなく、小論文対策としていくらか文章を書く機会がある程度だった（本作アニメのことなど思い出しもしなかったのではないか?）。実際に小説めいたものを書き始めるのは大学入学後まで待たねばならない。

§

ここに「小説を書く」一歩目を踏み出す以前のことを書いてみて、改めて『耳をすませば』が描く二人の果敢さに胸を打たれる。作中ではそんな二人の様子が、内部に結晶を含んだ鉱石（切り出したばかりの原石）にたとえられる。物語を書くことも職人の本格的なもの作りも、「自分の中に原石を見つけて時間をかけて磨くこと」なのだと、バイオリン職人である魅惑的な老紳士が少女に語る印象的なあの場面。

一九九五年は映画公開年だが、どうしても当時の自分を振り返ることを余儀なくされる。過ぎ去ったあとで気づくかけがえのない時間、それはやっぱり青春だ。もう一度やり直せるとしたら、何よりもまずそれを観ることを十六歳の夏の自分に強制したい。それでどうなるものでもないかもしれないが、あのとき必要なものがそこにあったのではないかと思えてならない。

自分の青春時代に向け、いまさらのようにこう叫んでみよう。「いいかげん耳をすませよ！」。年だけは食った中年作家となってから、こんな（偏執的な）思いが高じるなか、宮崎駿がかつて映画公開前年の記者発表資料として書いた文章中にある「この作品は、自分の青春に痛恨の悔いを残すおじさん達の、若い人々への一種の挑発である。」（前掲書、P61）という部分には、挑発される過去の立場と中年側の立場と、二重の意味でぐっと心を鷲摑みにされてしまうのである。

実際にファンになったのはあまりにも遅く、たしかもう二十五歳にはなる時期のことだった。デビュー決定前夜まで自分がデビューできると思っていなかった（選考会の日程を一日早く勘ちがいして前日に「落選」をも経験）覚悟の足りない小説家が、その後しばらく経ってテレビ放映を再視聴したときに、そこに忘れかけていた創作への初発的な衝動を見い出した。「ドラマ仕立て」だと思って敬遠していた部分が、純真さの表現として自然と受けとめられた。ふと見ると――いや初めて見たときから気づいているはずなのだが、私鉄沿線郊外のニュータウンのありきたりな風景が、驚くほど美しく豊かに描かれていた。坂道のカーブ、丘の階段、住宅街の家々の様子。

とうとう俺はファンになった――だがそれでも、作品の魅力からすればこれは、表面的なものだったといえるかもしれない（二次的にか翻案的にか、書くことを通じて作品の空間と時間に浸りこんでこそだ)。作品内での夏から冬にかけての季節の移ろいに、たんに時日の経過に接するだけで心豊かな気持ちになれる。団地と学校と図書館、公園と神社と友達の家と「地球屋」が出てきて、電車に乗っても一駅分のみという、まるで一市内で生活が完結しているかのようなその日常性に親しめる。ヒロインは少なくとも想像の世界以外では故郷であるそこに留まり、他作品のヒロインたちのように異郷に身を置くことがない。辺境の地で戦い、目的地への旅をつづけ、あるいは離れた土地で新たな生活を始める——彼女はそんな別天地を目指したのではなく、自分自身のいまある境遇から新たな道に踏み出す決意をしたのだった。

「駆け出し作家」となった私は、埼玉県内の実家に潜伏するように留まり小説を書いていた。ようやく家族が寝静まったリビングで、VHSに録画した『耳をすませば』を再生し作品世界に浸りつつ執筆する——そんなことがよくあった。チャプターでなど区切られようのない、連綿としたテープの世界の浸かり心地のよさ。深夜の贅沢な「バックグラウンドアニメ」。実家で生活した最後の一年間で三百回はその音楽と風景に触れている。

……ところでつい最近、本作のサウンドトラックCDの存在を知り、「そういう路線のファンでもないんだが」などと思いつつ試しに「浸かって」みたところ、野見祐二作曲のBGMがあまりにも密接にアニメの舞台や場面の記憶と結びついているのに驚かされ、作品世界の主要な構成要素なのだと確信するに至った。あたかも音楽が情景を描き出すかのようで頭がクラクラしてしまった。「猫を追いかけて」「丘の上、微風あり」「飛ぼう!上昇気流をつかむのとは思っていなかったです。

だ！」と曲名もいちいち素敵で。ジブリはもちろん音楽がいいのだけれど、正直ここまでいい

このような個人的背景がある。いつの間にか「耳すまファン」を名乗るようになり、軽視していた過去をすっかり忘れ、まるでもとからヒロインと思いを同じくしていたかのようにも錯覚されていた。――郊外で生まれ育った同世代の人間が同じように小説に読み耽り（私の中学時代は司馬遼太郎一筋なのだが……）、創作への憧れを抱き、そしてとうとう夢を叶えることができたというような、まったく後付けで都合よく解釈した十年後の自伝的物語なのだ（彼女は将来的に物語作りの世界に、少なくとも成人後に出版業に携わることは、二〇二二年公開の「実写映画」にも設定として描かれたのである）。

やがてまた何年かが過ぎ、年齢上の一つの節目を迎える。人間三十代になると、過去を懐かしんで青春時代や子供時代を振り返ろうとするものかもしれない。とにかく三十代となって、私は何作か自分の過去に取材し、故郷を舞台に小学生の日常ものを書いたこともあった。また取材の範疇から大きく逸脱するように、現役の高校教師による業務日誌（私家版）の自分なりの勝手なノベライズ、同じくある思い出深いファミコンソフト（主人公が野球選手引退直後の「いがわ・すぐる」）の似非ノベライズを行うなどの「前科」がある。

三十代後半（現在は四十過ぎです）、思いはくすぶっていた。セル画の世界はいつも鮮やか

で眩しく、自分の日常の風景と重なることなどありそうにない。九〇年代の、アニメがまだかろうじてセル画で製作されていた時代。いくらファンだとはいえ遠いことは遠い。

だから、と順接でつなげていいかは分からないけれど、どうにかしてそこに近づくことはできないかと考え――たとえそれが他人の家に土足で踏み入るような行為だとしても、もしや「痛恨の悔い」を相対化する試みだったとしても、アニメ『耳をすませば』を次作の舞台とすることを構想する。

さて憧れの世界に忍び入るため、どこの誰にも、どんな組織や団体にも一切許可などはとらずに、本作アニメの自由な二次創作――たぶんノベライズではないから二次創作的な翻案小説――を試みようと決意した（そもそもがこのアニメ自体、原作漫画に少なからず手を加えた翻案ではないか）。三十代後半にして思い立った「虹創作＝セル画の世界に思い描いた七色の夢」。つまり、ジブリのアニメーションの世界に自分がどう潜りこんでいかれるか、そこに夢を見たのだった。

ここで改めて本書の「ねらい」を整理したい。以下に箇条書きで示すのが計画の概要であり、各コンテンツを通して本書全体が目指すところなのだ。

- **その一**　「小説しか書けない人間」が、ジブリのアニメーション表現に（文体そのほかの面で）近づくための方法を探ること

・**その二**　翻案小説の可能性について実作例に則してじっくり吟味すること（青春懺悔のエッセイ＋収録小説2篇＋自作解説）

・**その三**　小説執筆時の検討内容ほか、実際に何をどう悩みどう失敗したかを記録——執筆の経過や変遷を追いつつ、著者の非技巧派ぶりを大公開——すること

・**その四**　純粋な想像力をバネにしない、さらにパロディや諷刺や批評よりも視界のきかない一段低いところで書くような、（サンプリングでもリミックスでも、コラージュでもカットアップでもない）「翻案的」であろうとする創作の是非を問うこと

　というわけで夢を見たのだったが、しかしそのような試みは原理的にも著者の技量的にも困難で、当然のように難航することになる。そしてなぜ二回挑戦しているのか……二篇のうち先に書いた本書併録作（「私、高校には行かない。」）のほうなんて、「失敗」への針の振り切れ方において少しく個性的で、好きなアニメを前にむしろ反動的な振る舞いに出て、かえって逆に「荒々しくて率直で未完成で」（地球屋主人）あったがため、次につながるものになったくらいなのだ。このあたりのくわしい事情についてはまた巻末の自作解説で詳述したい。

憧れの世界

新宿副都心の高層ビル群は、ここからではだいぶ遠方の、地平線上に見える小さな黒いシルエットだ。いつでもそれは遠くて小さくて、「東の方角」か「都会のほう」を指し示す目標めいたものとして存在している。いまその広い夜空に、星はほとんど見ることができない。

東京郊外である。ただしそこ——おそらくあの丘の上に広がる閑静な住宅街のどこかの一角——からほどよく見渡せる地元市内に目を移せば、駅周辺の街の灯や、ニュータウンとして開発された住宅地の各家庭の無数の明かりが、星空のようにずっと地上に広がっている。こんなにもたくさん人家があって、自分自身がそのうちの一つの建物に暮らす家族の一員なのは当たり前なのに、なぜだかそれがとても不思議なことのような気がしてくる。

キミジマ・レイは今年で十五歳、中学三年生になる少女だった。彼女が青春物語のヒロインであるかどうかはともかく、中学三年といえば、自分が自分以外の何者でもないことを事実として受け入れねばならない、ほとんど最終期限と呼べる年ではなかろうか。

そこでいま彼女の内面における自意識は、風景のなかで空気より軽い貴ガスのように拡散してしまいそうになりつつも、土地が抱かせる懐かしさのようなものに危うく引き留められている状態だ。慣れ親しんだものへの愛着の念にはそうした引力のごとき働きが認められる。たとえそれが現住所となる多摩丘NT（たまおかニュータウン）市内の、そう変わり映えのしない、見慣れた場所のパノラマというにすぎないとしても。

ここに都市景観としてあるものの何が少女の関心を引くのだろう。あの黒い帯はやはり多摩川らしい。すると天の川までは天地が反転した眺めとはなっていない。つまり「地上の星空」はあっても「地上の天の川」までは存在しない。そもそも東京郊外の多摩丘地域にしても夜空に星は数えるばかりで、星雲も星団も地上に探すしかない。いつも明るい駅周辺あたり。高所から見下ろす橋の上の自動車の車列。鉄橋を渡る電車の光。

こうしてあまり漠然と見つづけていると、いつしかそちらへ吸いこまれてしまいそうな気持ちになる。ちょうど前方に向けられた視界の端に首から下の身体が映らなかったように、自分自身のことをまるで忘れていた。自覚的な瞬きをしてやっと自分を取り戻しかける。あっ。

「あーやっぱりここって、いま住んでるたまおかタウンだろうなって、何となく途中で気づいてたのにね。私ったら、たまにこの上空をぼんやり飛んでたりもしてるっていうのに」

思ったこと、感じたこと。まるで無心なように見える瞬間も、内面ではしきりに声を発している場合はある。口に出してしゃべるほどの内容ではない、からではなく、むしろ内容があるほどしゃべりにくいというジレンマに揺れる場合が。だがどうせ一人きりなら物思いに耽るとか秘密の日記でもつけてみるしかないのだ。それに頭の中の考えを何でも口にしたらきっとみんなに変だと思われるから。他人からどう見られるかが無性に気になる思春期なので。

ともあれ、あるがままの世界に響く音にだけ耳を向けるというのでは、中学生の現実といかにもかけ離れてしまうのではないか。クラスでの「キミジマ、キミジマ」。親しいあいだでの「キミ」。休み時間中の教室内を満たすさざめきやささめき、馬鹿話もヒソヒソ話もその日常に含まれているが、もっとずっとよく耳を澄まさなければ、個別の中学生の声を聞くことはできない。

「なのになんで『いま』とか『ここ』とかすぐに感じられないで、ぼんやり懐かしいなんて思っていたんだろう？　おかしいよね、こんなこと考えるなんて。これが『懐かしい故郷の風景』ってやつ？……ううんやっぱりちょっと普通じゃない。だって私はちゃんといまを生きてここに住んでいるんだから。ふん、もうそんなの当たり前じゃないの」

§

「テーマ」として――

彼女はとにかく「懐かしし」かった。しかしそれがただ漠然とした郷愁だとしても、開発前の丘陵地や里山の風景を思い出したわけではあるまい。生まれ育ったニュータウンについて、あくまでその現実が考察の対象となる。中学校では文化部で理科系の自然観察部に所属する彼女の、そんな故郷に向ける目。丘の上の住宅街でも坂の町でも集合団地でも、いくら整備されようと自然は自然だったから。

また当地のニュータウン開発における時代的背景としては、住宅の大量供給の時代はとうに過ぎ去り、九〇年代に入ると例えばその都市景観や緑化などの分野で当の開発事業者が公的財団から表彰されるほどだった。ニュータウン第二世代はそうした環境の下で育ってきている。それならそれで、社会に対する何らかの問題意識が彼女に「筆を取らせた」わけではなさそうだった。

執筆の背景――

その一団地の、五階建て住棟の四階のそこに君島家があること。両親と姉一人の四人家族で暮らしていること。彼女に芽生えた「普通じゃない」考えとは、材料となるものを探せばただそれだけのことに尽きる。いったいなぜ自分がこの家族のもとで生きているのか、私とは何か(「What am I?」)という、自我や自己意識にまつわる存在論的な疑念から生じていた。

したがって、たとえ夜空の下で広大な宇宙に思いを馳せたとしても、自分がいまここにいることの不思議さにとらわれる。およそそうしたものが書くことの動機にもつながっているようなのだが、生命の神秘も、現実の両親の存在も、結局は自分という存在自体への問いかけに結びついてしまう。

ところでそれはいわゆる「……の星の下に生まれた」式の、運命とでも解釈されるべき事柄だろうか。自分のことをもっとよく知りたいとして、手相や占星術や運勢占いに頼るというのはどうなのか。前世しかり、輪廻転生しかり。たしか図書館の書架の分類では「超心理学」とか「心霊研究」のあたりにその手の本があったはずだが、やはりどうにも受け入れがたい。

一方で自分自身の将来についてとなると、それが中学生にとって必要のない考えだといわんばかりに、まだ本気で考えたことはなかったかもしれない。自分のいま現在の境遇に焦点を合わせるだけでもう精一杯。五年後の自分、十年後の自分なんて！　まるで実感というものが湧かないし、これからどうしたいのか本当のところ見当がつかない。

ここで両親のこと——

多少世間は狭くなるが、かろうじて将来と結びつきそうなモデルがあるとしたら、普段接している家族の存在だった。生まれたときから見ている両親の、主として働く姿であり、家業だとか生業だとか生活手段としての仕事について、どんな家庭であれ子供なりに感じているところがある。

両親ともどこか普通の職業ではなさそうだ。子供心にそう感じたのは、それらの職業の存在が社会科の教科書に載っていないことに気づいた、小学校三年生くらいのときだったろうか。本に関わる仕事。もちろん現在ではそれを「図書係」だとか「赤ペン先生」だとは思わず、図書館司書と元校正者であるということの意味は理解していた。その「元」の時代には母親は出版社に勤務していたらしいが、しょっちゅう自宅で校正の仕事をするのを見ていたものだった。また休みの日の父親の郷土史研究にしても同様である。

もしかしたら職業の種類がどうこうではなくて、世の中の「会社」について身近に感じられないところに、何か理解しがたさがあるのかもしれない。まず親は通勤電車に乗ることがない。父親は雨の日以外は原付で市内の勤務先に向かう。月曜日から日曜日まで、日常がすべて市内で完結しているかのようで、そこで育った自分も地元の公立中に通うだけの受験生なのだ。君島家なんてずいぶんとまあちっぽけな感じ。

ふたたび運命について――

あるいはずっと大まかに、社会の一員として自分をとらえてみたときに、ちょうどこの現代に生まれた奇縁ともいうべき、別の種類の運命について考えさせられる。ごく限られた同年代の、さらに同級生たちが共通に抱える問題からすると、いまから十年後の姿なんて思い浮かびもしないし、「二十歳になれないまま死ぬかもしれない」という不安な思いがうっすらとつきまとった。そう、それは自分一人だけの運命ではないのだ。

彼女たちは一九八〇年度の生まれだ。その年代で世紀末を迎えることとの意味の前では、いま中学校の最終学年である事実も、思春期でかつ受験生であることまでが、ごく小さな出来事のようにも思えてきてしまう。

こうして少女がこの町で「受験生らしからぬ」中学三年生になったのは、中二の冬休み中に阪神淡路大震災が起こり、終業式の日に東京都心で地下鉄サリン事件が起こったあとで、四月に新年度として迎えた一九九五年度のことだった。

§

中低層のビルが周辺に寄り集まっていて、とりわけネオンや照明の明るみでぼうっとしている、比較的人通りの多い商業地の街頭。そこがいわゆる駅前商店街なのか繁華街なのかは判断しにくい——遊興施設としてパチンコ屋くらいはあるようだが。その駅近くの身近なまちのコンビニエンスストアに、いま一人の少女がいる。

明るすぎるコンビニ店内の窓際の雑誌売り場で、私服や背広姿の男性ばかりが八人ほど、その場で前後二列に並んで何か雑誌類を立ち読みしている。漫画雑誌とか週刊誌とか音楽雑誌とか、もしかしたら成人誌なのかも。

そんな光景には一瞥もくれず少女が一人店を出て行く。誰もその場に彼女を引き留めておくことなどはできまいし、よっぽどでなければ外では少女は捕まらない。自動ドアから出る——小さなレジ袋を提げた後ろ姿はいかにも一少女のそれであり、どこか少年のようにも見える。

店を出て右手へ。彼女は周囲にまるで無関心そうな足取りだ。「雑誌にも男にも興味がない」のか「男はみんなヘンタイ」だとでも思っているのか、それはわからない。

（ブロロロォ……、ビビーッ！

……ンカンカンカンカン）

帰宅時間帯の駅周辺の雑踏、踏切の警報音が鳴っている。簡素なホームと駅端の踏切の様子からすると各停停車駅かもしれない。地面近くの人びとの足の動きに、一台の自転車の車輪がすっと横切る。人的活動。都市部のまちなかで動くものは、主に通行人と乗り物だ。

自転車を漕ぐ少女の後ろ姿——車道から分かれる道に入っていく。

（カラカラ……）

自転車を引いて一人坂をのぼってくる少女を頭上の青白い水銀灯が照らす。道の片側がこんもりとした黒い森。リーリーチィチィと小さな虫の音、外灯のせいか夜でも遠くで蟬の鳴き声がしている以外、あたりはしんとしている。

森の声、森のメッセージ。こんな森と比べたら人間はいかにも小さい。この卑小なる存在と「ちかんに注意」——。森の木々が迫っている夜の路上では、とりわけ少女は無防備そうに見えるし、そういえば短パンに無地の白いTシャツ一枚と至って軽装で、夏だった。しかも素足に突っかけサンダルで出てきているという地元っ子らしさ。道端の小さなお堂の地蔵と、自転車を押してそこを通りかかる白い足。

駐輪場に先ほどの自転車があり、擁壁上に建つ団地に帰り着いたところだった。きっとまだそこまで遅い時間帯ではない。団地内公園のベンチに仲間といた同年代らしい少年が、携帯ゲーム機を手にしたまま少女のほうをふと振り返る。その仕草からして顔見知りなのだろう。しかし少女はまるで反応しない。たんに気づかなかっただけか、あるいは男子グループを意識した行動か——もしかしたら「男女の垣根」というやつを目撃したのかもしれない。

少女は団地棟の階段を上っていった。いわゆる階段室型の、古めの公団の五階建ての住棟である。

「ちょっと、何の用事で出かけたのかと思えばさ」

と、すぐに家庭内の声が漏れ聞こえてくる。

「レイ、あんたまたそうやって、『栄養補助食品』なんて買ってきて。それじゃまるで不健康じゃないの」

ほらきた。帰った途端、もうこれだからね。

「だって、買う必要があったんだもん」

ちょっと鼻にかかったその声、帰宅後にやっと口にした「第一声」を聞く。素直に反応するようで、母親にはいつも反発めいたことを言いたいか、きっと言い合うなかで何か確かめている。無言で無視するような対抗策をとることはしない。

ダイニングチェアに腰かけたまま母親が言う。

「買う必要って、家にご飯のおかずくらいあるでしょ。お姉ちゃんは夏合宿中なんだし、一人分何か作っておくわよ。ね、お昼食べてから、外に勉強しに行ったらいいじゃないの」

「だからお母さんちがうの。明日は館内整理日で図書館利用ができないから、だからジプシーの日なの」

「あら……その言葉はちょっとあれねえ。たしか近年では、あれだったわよねえ」

また言葉遣いのこと。母親の主張する言葉の正しさ。

「んねえちょっとあなた、どうだっけ？　困ったときのレファレンス」

母親は何かとすぐそう「赤ペン先生」らしく振る舞う。ただ口うるさいだけでなく、ダイニングテーブルの向かい側に座る父親に、言葉の使用云々のことでわざわざそう問い合わせてみせる。

「そうだよ……明日は職員もパートさんも総出で蔵書の整理。市内の図書館全館で一斉にね」

「いやそうじゃなくって——」

家に帰れば家族がいて、両親がこうして揃って顔を出せば、よもや「ただの一少女」というわけにはいかなくなる。つまり家族の一員というやつだ。「普通じゃない」家庭に身を置く、優秀でないほうの下の娘。自分の人生にまだ何一つ見出していない君島・零。

父の靖に向かって母の朝世——そういえばこの母親も娘と同様鼻にかかった声をしている——が意見を求める。公共図書館の司書には、何でもこうして質問することができる。あの独特の部屋、「禁帯出」の辞典類だとか過去の新聞だとか地域資料が配架された郷土資料室の、カウンターに座る読書案内兼レファレンス係。いま自宅でくつろいだ様子の父親は、世間のお父さんよりいつも帰宅が早いと思う。

「んんーそうだな。わが家の校正者に、いいや現役の大学院生にアドヴァイスも何もないんだけど。さあてこの場合は、と」

まるで図書館員が電算端末でもいじるかのように、テーブル上で五本の指を忙しく動かしてから、

「そう、まず参考図書としたら『記者ハンドブック』とか『朝日新聞の用語の手引』とかね、それからやっぱり正しい日本語はＮＨＫの『用字用語辞典』にでも当たるべきかなあ」

「まあたまた、それじゃまるで必携書ばかりじゃない。……でもそうよねえ、校正時代のあれ、どこやったかしらね」

二人のやりとりになって急に興味を失った。するとそこにはもう現実の形ある両親はいない。いまそのダイニングテーブルには、なぜかキツネとタヌキが向かい合っている。

と、あれこれ飛び出す古い話題は、まさか彼らの青春時代のことなのか。ああ嫌だ嫌だ、いまや平成の世だというのに、そんな昔話につき合わされるのはもうコリゴリ。これはそう、いわばキツネとタヌキの「昭和古里狐狸（コリコリ）合戦」に「古い思ひ出がゴロゴロ」という感じだよ。盛り上がる会話の進行を追う気がしない。

「君のその『だもの』は、いかにもアサヨさんの……」

「んだああってぇ、あなたがいま言ったあ……」

父親の台詞にもあったように、この母親が現在、市内の某大学の大学院に在籍する、歴とした「大学院生」なのだとは。ここでまた両親のこと――かつて若かりし頃、別の大学の女子大生だった時分には、文学部の国文学科の「まっじめーな、学生」だったと聞いていた。中学校でもやるあの古文を、四年制大学で本格的に学んだのだ。ただし「国語の先生のタイプ」というのとは、話し方からして印象が少し、だいぶちがうのだけれど。

――どうやらあたし「見つけた」って思ったのよ。あんたも今年で中学生になったんだし、ナギサお姉ちゃんはもう高校三年、あたしもそろそろ子離れしないとさあ……。お姉ちゃん、塾にも行かず毎晩遅くまで部屋で勉強してるでしょ？　ああいう姿を見てたら何かチャレンジしたくなっちゃって。もとから環境問題にはずっと興味があったんだけど、夫婦揃って理系の頭でもないし、文献相手の人文科学な人間なものだから。ところがね、「環境社会学」っていう言葉を見つけたときに、それがスッと体に入ってきて、ああこれだって。

「見つけた見つけた、これこれ。あらやあねえ、もうこれ十五年も前の版だわよ」

「こいつはだいぶ年季が入っているなあ。あれじゃあ、今度のシューシ論文ではこういうの使わないの？」

こうして一瞬の回想シーンは、目の前の父母の会話ですぐに破られる。家でもっぱら話題になる大学のこと。その内容がついぞ明らかでない、謎の「シューシ論文」を書き進めようとしており、そのための準備で連日てんやわんやし、一家団欒もないようにいまもダイニングテーブルでノートワープロの画面に向かっている大学院生。世間一般の普通の母親でないことだけはたしかである。

部屋で一人いつもの学習机に向かう。ふと内省的になるのはきっとこんなときだろう。受験生として過ごす夏休みの夜だが、勉強には気乗りしないふうだ。そもそもどこにも勉強道具が見当たらない。

机の片隅にコンビニの小さなレジ袋が、壁際の本棚の上に藍色をした天球儀が置いてある。どんな部屋かと思えばこちらが気抜けするくらい、女の子らしいところがほとんどない。灰色のカーペット敷きの部屋の中央には、姉と共用の二段ベッドが大きく場を占める。

猫背の姿勢で両足を踏ん張るようにして、回転椅子を左右にギコギコ動かしている。行儀も悪いが落ち着きがない。真横で止め、二段ベッドを隔てた先の姉の机を見る。

どこかしら大人びた印象がある机の奥に、きちんと揃えて書籍が一列並べてある。どういうわけかそれだけでもう「優秀な姉」としか思えない。学術書だろう、背の書名には心理学・精神症・療法などの文字がやけに目立つ。壁際の本棚にも結構本がある（見たところ漫画本はなさそう）。

こちらの机の上、少女の手元にも何冊か本が無造作に平積みされている。一番上の本の表紙に『24人のビリー・ミリガン　下』と書かれた文字がはっきりと見える。書名をくわしく見ると多重人格者についての記録だとのことであり、つまりこれがいま読んでいる本。

無造作に指先でしおりを挟んだ頁を開いて読み始めようとする。しかし気分が乗らずに一度本を閉じ、裏表紙側にひっくり返し、あとがきか索引でも確認するように後ろから頁をめくり返していく。

ハードカバーの本の、裏表紙側の見返し部分。そこに紙製のポケットがついているので図書館の本らしいとわかる。おもむろにそこから細長いカードをつまみ出すと、何かに気づいた表情で、数桁の数字で埋まる欄を上から順に指で追っていく。

「やーとう。にーしーろーやーとう」

とカードを裏返し、

「……にじゅういち、にーさんしー、ご、ろく。二十六番目だったかあ」

わざとらしくがっかりしてみせると、一番下の、自分の利用者番号らしい「01888-1」を見つめる。ボールペンでしっかりと書いた文字。うーん。

「うーん、やっぱりこの番号は目立つんだよなあ。他の利用者のみなさんは気楽でいいことね、ほどよく複雑で、きっとどこで出会っても誰かに気づかれるような心配のない、えーとーそう、匿名性ってものがあって。……えっ、あ、ああーっ、なんで！」

またさらなる表情の変化、まるで子供っぽい。戸外の路上や家族の前では平静すぎるくらいだったが、自室では一転して変化に富む。彼女本来の快活さが戻ってきた感じ。目と口が驚き、眼球がぷっと膨らむ。

「なんでこれが家にあんの。やっと下巻が借りられるって思って、しっかり自分で利用者番号まで書いているのに。……はああ、その場で読み出して、貸し出し受けずにブックカードごと持ち帰っちゃったんだ」

わかりやすく驚き、自分に呆れるという表情をする。他の本にもブックカードがないか慌てて調べ出す。ない、ない、ない。ああ、よかった。私の中の別人格が盗みを働いていたわけではなくて——と、あまりに素直な反応なので、いかにもそんなふうに考えていそうだった。


「ねー、お父さーん」

七三分けではなくなった、風呂上がりの父親に、

「図書館のことで少し相談があって。何だかちょっと困ったことになってるの」

「へえ珍しいね。ん、ああレファレンスの関係ではなくて?」

父親が黒縁メガネをかけて胡座の姿勢で向き直る。何かこう、じじむさい感じだ。

「そうじゃなくて、じつは友達のことなんだけどね……。読書家の同級生がいて、その子は受験生なのに、夏休み中に本を二十冊以上読もうって心に決めているんだって。勉強はそこそ

こできるけど、塾にも行っていないし、変な子でしょ？」

と、後ろめたそうながらも何やら作り話をし始める。友達のことだというが、これは確実に人物を置き換えただけの本人の話だ。そしていま上目遣いに父親の反応をうかがう。おそらくきっと、本当の意味での嘘つきにはなれない性格なのだ。

またこの場で「本の話」が出るのはちょっとおもしろい。いま二人のいるそこは、テーブルからも見えていたそのつづき間で、ダイニングキッチンとは襖ではなく背中合わせにした本棚で半分間仕切りがしてある。これがまた入ってみると乱雑な古本屋のようにそこかしこに本の置かれた部屋であって、ほとんど本棚によって壁面が埋め尽くされた呆れたありさまだった——この娘にしてこの父親あり、とでも表現したらいいか。

「それでその子、結構大人びた本とかも読んでて……。ねえ、誰が何の本を読んでいるかは、大切なプライバシーでしょ？　でもその子の利用者番号がどうも目立つというか、その、主張のある番号らしいのね……ブックカードにそれを書いちゃうと、誰か目聡い人間に見つけられてしまいそうで嫌なんだって」

「へえ……そいつは」と、ぼんやりとした父親の顔。娘がつづけて、

「ただねえ、そんな理由で登録を変更するのも、何だかおかしいことだと思うし、図書館的にはどうなのかしらっていうの」

「ああそうなの、登録の変更をね」

「そうそう、登録変更のことで、悩んでるってなわけ」

どうも口調が母親のそれに似てくるようで、傍目には会話中の親子の距離を測りかねる。しかし家族のうちではきっといつものことで、父親が妻にも子にも同じ顔をしてみせている、「子供を小さな大人として扱う」だけのことなのだろう。

改めて父親を見る。ちょっと首を傾げたところが信楽焼のあの置物を思わせる――風呂上がりでもいちおう身につけるべきものは身につけているが、何か鷹揚さとかマイペースぶりがそこに示された「もっさり」した感じの、人間化したタヌキともいうべきキャラクターだ。

「そうさな、君とその友達の意見は――」

娘のほうは瞬きをして、目の前のタヌキ顔の発言者を見守る。

「まったくもって正統なものだよ。『図書館は利用者の秘密を守る』――これはいわゆる図書館憲章に謳われた文句ね。われわれ図書館員はいかなるときも、利用者の読書事実を外部に漏らしてはならない、と。警察からの照会にも応じない。ただし裁判所の令状がある場合を除く。最近あったんだよ、この手の事例が。しかも日本最大の国立国会図書館を舞台にした大捜査劇……！　何十万人分もの利用記録をごっそり警察が押収したって大騒ぎさ」

と、いったい何の話かと思えば、

「ほらオウム真理教の事件。あれでサリンについてね、国会図書館で調べていた人間を割り出そうとしてるんだって。だから人が何に興味を抱いてどんな本を読んだだか、サリンは図書館の分類だとやっぱり『有機化学』とかになるのかな、とにかくそれを調べている奴は怪しいぞって。きっと必要な捜査なんだろうけど、これは一面でとても恐ろしいことだよ。監視社会に思想統制？『このキミジマ・ヤスシという男は、どうやら政府転覆を企てているようだぞ』なんって。ね？　実はそういう一面もあるってこと」

説明中、欧米人のように両手を広げて話す父親。自分のことを指そうとしてか、片方の手を体の側にぐっと引き寄せてみせると、それがお腹のあたりに当たって「ぽん」と一ついい音が鳴る。口をポカンと開けて、娘は呆気にとられている。

「んっ、はっはっは……。わが市立図書館でも、ブックカードを押収するなんて話になればさあ大変だ。実のところ笑ってはいられない。カウンターだと整理ボックス中のカードに一枚一枚当たれば、まあ貸出中の本のことは調べられる。貸出予約の処理とか延滞資料の督促ハガキを出すときなんかにね。一応返してしまえばカウンターには貸出記録が残らない方式なんだけど、たしかにブックカード自体には記録として残ってしまう。今後『バーコード方式』になるまでは……いいかげん遡及入力作業を本格化させなきゃいけないんだけど、ベテラン勢がみんな及び腰で。いやそもそも市民サービスはいいはずなのに、この件に関しちゃ何でか市の予算がなかなか下りないんだなこれが。

まあとにかく書架に置かれた本の側から、その一冊の読者の足跡を追う。まさか図書館員は絶対にそんなことしないよ（たとえフィクションだろうと、図書館協会がもう今度こそ黙っちゃイナイヨ……)。学校図書みたいに名前を書くわけでもないし、問題は利用者番号そのものが特徴的ってことだよね。それはねえ、カウンターでそのへんのくわしい事情を話せば、手続きはできると思うよ」

と、いまようやく息をするのを思い出したように反応して、

「事情をくわしく……」

「うーん、まあ僕の業務の範囲では扱ったことはない案件だな」

君島靖四十九歳。やはりタヌキではなく人間の、図書館員たる父親だった。

§

焦る気持ちと怠けたい気持ちに揺れる、中三の夏休み。部屋に唯一の風景らしい風景をもたらしている八月のカレンダーの夏らしい絵柄。一日一日と過ぎるのが早くもあり、またどこか間延びしたような遅さも感じる今日この頃。朝起きたはいいが、かつては何も考えずともその参加カードの日付欄をハンコで埋めてもらえたラジオ体操に通う習慣ももはやなく、代わりに自ら生活を律する意思を持たねばならない。きっと持たねばならないが——。

机の上にはやはり受験勉強の痕跡はなく、『ビリー・ミリガン』が置かれているのを見るくらいだ。下巻の後半に差しかかっているが、しおりを挟んでいるところまでで昨夜は読み疲れ

て眠ってしまったものらしい。部屋ではきっとシャーペンさえ握りたがらず、二十冊以上という読書計画を本気で実行しようとしている。

それによって誰もハンコなど押してはくれないし、彼女のこの果敢さと意気ごみを知る人間がどれだけいるだろう。下手をしたら世界でたった一人だけ。それにここまで追いかけてきた多重人格者ビリーともそろそろお別れだ。読書の目に見える唯一の痕跡は、結局のところ本文最終頁や奥付よりも後ろの、裏表紙の見返しに張りついて日の目を見るのを待つ、ブックカードに記入された利用者番号だけなのだ。

所定の貸出手続きを受けていないことで、さらなる「秘密」を抱えてしまった少女の朝は、

「あっ、いっけない、もうこんな時間！　今日学校でみんなと勉強会だった！」

と慌てるところからはじまった。

二段ベッドの（寝相の悪さが考慮されていそうな）下の段で飛び起きると、部屋のドアから首だけ出して家の中の様子をうかがう。

「あれお母さん、ねえ、もう出かけたの？」

（ガチャ……グアアン）

あたかも見計らったかのようなタイミングで、思いがけず反対側で玄関ドアが開いて、

「何あんた、それ昨日と同じ格好じゃない」

化粧して帽子を被ったワンピース姿の、真横からだとだいぶ若やいで見える母親が、玄関で

サンダルを脱ぎかけている。

「そのまま寝ちゃって。それより今日大学じゃないの？」

「あああ、そういま急いで出かけるとこ。あのーあれ、あれ、証明するカードを忘れて。今日大学で身分証明のカードが必要なのに、あれどこやったかしらー」

あれ、を連発しながら、一度出かけた母親が居間にどたどた駆けこむ。

「学生証？……え、もしかして、市民カードのこと？」

「そうそれ！　もーどうしたっけなー。狭い家なのに、なんでこういうときに出てこないのー」

「小物入れの中は？　はあ、いっつもこんな管理カード必要ないとかって、散々文句言っときながらぁ」

洗面所で歯を磨きながら指摘をする。過去の発言がいろいろ思い浮かぶらしいが、非難の目を向けるだけにしてあげている。娘と母親。

「ほら、名刺置き場のとこは？」

「ここにあった！　うーやばい遅刻遅刻ぅ、ああ今度は鍵忘れた、鍵鍵……じゃあ行ってきまあす！」

「んもー、せっかちぃ。まるで江戸っ子みたい！」

母親の性格を一言で評するならば。そそっかしくて、気が早くて。見送り見送られる中学生と大学院生。

とりあえず食パンにした朝食。母親がせっかちだとしたら、娘のほうはマイペースかぐうたらか。ダイニングテーブルに両肘をつきつつそれに齧りつきながら、思わずつぶやいている。

「……あーあ、今日これから何か『運がいいこと』起きないかなあ?」

その団地の一室のベランダの外、洗濯物で部屋から外がほとんど見えていなかったが、ちょうど上空付近を一隻の飛行船が差しかかったところであり、もしいま運よく空を見上げたならば船体側面に描かれた「NT」の文字を目にすることができたはずだった。


やがて外に出かけるべく「家用の自分」を洗濯カゴの中へと捨て去るように部屋着を着替えると、もう準備が整っている。今日は短パンではなくデニムのショートパンツ。上は黒の色柄Tシャツ一枚きりでも裾をウエストに入れていたり、また前日の突っかけサンダルもやめてソックスにスニーカーだったりと、やはりちょっとコンビニまで出るのとはちがった「友達に会う」格好である。

陽気のよさに気も晴れるようで、向かいの団地のベランダでも色とりどりの洗濯物が日を浴びていた。裏手めいた階段室の一階付近は日が陰って殺風景だが、それに背を向けて、芝生もあれば並木もある、もっと自然の色味をもつ世界へと入っていく。紺色に赤いラインのスニーカー。その手には、えんじ色をしたカバン型のクリアケース。

団地外の路上で陽光を浴びる。まるで大樹でも振り仰ぐように、頭上で光る鉄塔をぐっと見上げる。こだわりのない笑顔になって、

「うわあ、ああっつーい！」

まるで自然児。陽光の下で見る彼女は、どこもさして日焼けしていないのに不思議なくらいこの場に似つかわしくて、ごく健康そうで快活な一少女であった。

前夜のように駅に向かう車道には出ず、路面に通学路を示す「文」のマーク――これはさすがにアルファベットではない――が入った狭めの道を通る。そこが丘陵地であることがよくわかる、斜面の中腹を横切るように削って作られたらしき道。一軒家が並ぶ住宅街になってもまだ下り坂がつづく。「猛犬注意」のステッカーを貼った家の敷地に、いかにも猛犬らしくなく小屋で眠りこけている犬が一匹。それが笑える。

擁壁と緑のフェンスが見える。校舎壁面に大きく「Y」の文字。中学校のグラウンド際を行きかけながら、テニス部や野球部の練習風景に見とれるように一度足を止める。

テニス部は男女ともかなりの人数で、ハーフパンツや短パンが緑と赤と水色の三色に色分けされているのを見る。三年生部員がまだ引退していないのだ。夏休み中で制服姿を見かけなくても、ジャージや体育着の学年色に学校的日常を垣間見る思い――何となく自分の今日の服装に目をやる。片手に持ったプラスチックのクリアケースを抱え直して昇降口に向かう。

（――「理科室」）

声。

「あっキミ、ちょうどよかった。んもお、来てくれないかと思ったじゃなーい」

「ユッコ、どうしたのその格好……」

理科室で待っていたその友達は、着ている白衣を見せびらかすように腰に手を当てて、

「へへん、原口由津子博士でしょ、誰がどう見てもさぁー」

まずその言い様も声の調子もいかにも蓮っ葉で、声質自体も特徴的なかすれ気味の、「変声期」のような声をしている。

こちらはそんな由津子に向かって、

「ええーっ、それ本間先生の白衣、準備室にあったの？……はっはーん、さては第二の人格に交代したってわけね」

「ちょっと何よそれ」

白衣の上で二本のお下げが揺れる。彼女の容姿を総合すると、全体にどことなく世界名作劇場の「赤毛のアン」風——。あともう二人、メガネの子と赤のカチューシャをつけた子が、そんな二人のやりとりを可笑しがってクックッと笑っている。

授業中のようなアングル。白衣の由津子が雰囲気を変えて、

「じゃあいい？　今日は部長としての真面目な話よ。自然観察部の今後についてね。私たちのライバル、科学部とかパソコン部とか、ほとんど男子が興味あるのはそういうのばっかりで

さ。あっちは毎年部員も増えてるでしょ。うちの部だけが文化部のなかで存続の危機に立たされている笑えない現状。二年生も一年生も女子しかいない。ポンちゃんも来年から産休に入っちゃうし。

そこでね、どうにか私たちの代でさ、部のために何か最後にできないかって考えて、今日はそういう意味での勉強会にもしたいの。自由に理科室まで使わせてもらっといてただの勉強会じゃあ——」

「先生、つまりオトコをどうやって誘惑するか、とか？」

カチューシャがいらぬ冗談を言う。「イヤあー」と、メガネの子。

「ちーがーう。園子あんたね、世の中はもう男女共同参画社会なんだから、そんなこっちゃないのっ」

身長がまったく同じ、いつも横に並んで移動しているかと思わせるようなカチューシャとメガネのこの二人組は、由津子からそう指摘を受けて真顔に戻る。零も話のつづきを聞こうとして、発言者に真顔を向ける。その意気ごみと話しぶりに、みな黙ってしまうようだ。

「えーとそういうわけで、この際だから部の活動内容を全面的に見直して、何かもっとこう魅力のある……つまりそのー、自然を観察するのはこんなにも魅力的なことなんだっていうのを、後輩たちはもちろん、部外の人にも伝えていかれるようにできたらいいんじゃないかって考えました。……でも正直まだ、なあんもアイデアなしなんだけどね」

少し沈黙が挟まる。と、誰かがそれを言い出しそうな雰囲気はあったものの、そのぶんだけ現実が見えているとでもいうかのように、メガネの子が「受験」のことを口にした。

「だって、ねえ。そろそろ『あと半年』ってことを思うと、やっぱりちょっとさあ」

「うん私も。それはユッコの気持ちもわかるけど、和恵も私も塾だってあるし」

二人組がそう言って顔を見合わせる。

「だあって、このままでもし顧問が来年ニーヌマンとかになってさ、『諸君がぁ～諸君がぁ～』なんてやられたら、二年生全員やめちゃうよ」

物真似をした由津子の発言に笑いが起きて、場に活気が戻ってくる。やいのやいのと騒ぎ出し、理科室の外にもそれらの話し声が漏れ、時間が流れた。

（カリカリ……カリ）

いま零が黒板に文字を書き終わったところ。丁寧だがやや力強い字で、何やらその「真面目な話」の内容らしきものが箇条書きしてある。

《風の谷の姫君》
《武蔵野トトル》
《地底の城　ラビュリントス》

………………

由津子の長く大きな溜息、または深い調子のうなり声。

「うううぅーん。どうもこうなると、さすがに一つのイメージにまとまんないなあ。稀代のファンタジー作家・宮座樹央（みやくらみきお）先生の描く、夢の幻想世界……制作スタジオ『虹』の工房は謎に包まれている。ねえまさかこの中で、『虹共和国ビューワーランド』に行ったことない人なんていないよね、うちの家族全員パスポート持ってるから。

ほら園子のカチューシャだって、あの魔女っ子ヒロインをイメージしてるみたい。ね、みんないつの間にかそうやって影響されてるのよ。私たちとそう歳の変わらない少女たちと、それぞれの特異な運命……自分にもそんなことが起きたらって、みんなどこかでそう思ってる。私たちの憧れの世界。どうしたって空は飛べないし、原作漫画も全部作り話だけどさ、くじけない心とか強く生きる姿とか、きっと中学生のいまだからこそ自分を見つめることが大事だって教えてくれるの」

話す由津子も聞いている三人も、みな何となく目を輝かせる。

「とにかく、ここに挙げた三つの体験アトラクションがやっぱ人気でしょ、『クリスタルの城』の見習い魔女っ子ツアーももちろん定番よ……どれもずっと自然豊かな世界で、ただの自然ってわけではないけれど、生物とか鉱物とかいろいろ理科にも関係あるし、でもどうやってそれを部活動の『観察』に結びつけるのか……」

すると黒板の前の零が、ほとんど何の気なしに、

「それなら『観察』じゃなくて『研究』することにしてみたら？　ほらあの小学校のときの自由研究みたいにさ。そのほうが堂々と施設見学できそうだし、調べたものを発表するのにいいかも」

「あっ『自然研究部』!!　イメージぴったりっ！」

腰かけをガタッといわせ、作業台に両手をついて立ち上がった由津子が叫ぶ。

「わー、キミって大胆！」

「過激な案よねー」

カチューシャ、メガネの二人組からも声が上がる。まさかそんなつもりもなかったと、むしろこっちが驚く番だった。

「ええっ、ちょっと何、なんって部活名のことなの!?」

チョークを握る指先。由津子がさっそく黒板にそれを大書している。「……あ、いや」と、零の口から小声が漏れる。黒板から振り返った友達の「いい顔」に困惑気味の笑いで応える。なんだかんだと自分から巻きこまれる性分のようだ。

窓の外、日の照りつけるグラウンドではユニフォーム姿の野球部員たちが練習試合か何かしている。向こう端に小さく見えるバッターの打つ動作と、遅れて空気を伝わる打球音。――一方理科室内では、窓側の作業台を一つだけ占領した女子生徒たちの四つの頭頂部。中分け二人と自然な分け目が一人、カチューシャで留めた分け目なしが一人。作業台の上にいろいろ物が出ていて、いくらか時間が経っている。

何事もなかったように黒板の文字は消され、由津子もいまは白衣を脱いで夏らしい水色のワンピース姿である。一つの作業台に四人が向かい合い、それぞれ勉強道具を広げている。黙りこんで自分のことに集中するひととき。

声。由津子が顔を上げずに、

「……でも自由研究っていえばさ、小学校の高学年のとき、急に『やらなくてもいい』ってことになったよね？」

隣で零が興味を示して手元から顔を上げ、

「あぁ……言われてみればたしかに。五、六年生のときはそうだったかも……」少し過去を思い出して言う。「私、『世界の伝記』シリーズを読んで読書感想文にしたかな。Y小でも同じなんだ？」

「W小もそうなんだ？　ねえY小も五、六年だったよね？　何だろう、教育委員会の陰謀かしら。私は六年生で頑張って玉川上水の水生生物の種類を調べた自由研究よ」

「私、絵とか手芸出した」

「私、読書感想文とか作文とかね」

カチューシャの園子とメガネの和恵。さすが自然観察部の部長だけは、それでも自由研究の道を選んだ過去を知る。

「へええ、誰も標本作ったりとかもしてないわけぇ？　あんたたちよくこの部に入ったねえ。でもそれで中学生になったらさ、理科でも社会科でも、自由研究の宿題自体がなくなっちゃうなんてね」

部長由津子は、いかにもそこに「自由がない」との気持ちをこめて言う。そして大きく伸びをして、

「ああーっ、懐かしいあの頃の夏休みっ。いまよりずっと長く感じたなあ、塾にも行ってなかったし」

「あっそういえば、今日ってみんなは塾なんじゃ……午後から？」

過去は過去として、急に零がそう現実的なことを言い出すのであったが、時計はちょうど正午を少し回ったところで、すでに午後になっていた。

§

どこか薄暗い昇降口の下駄箱付近で三人が靴を履くのを待ってから、一番後ろの零が告げる。

「じゃあ、私鍵返しとくね」

「悪いねえ、部長の仕事を」

「ううん。ついでに図書室にでも寄ってもう少し勉強していくから」

じゃあ。それじゃあ。手を振って三人と別れるとすぐ、行き場を求めて一心に廊下を進む。一人になって急に足取りも変わる。

(――「図書室」)

ガタッと引き戸が一瞬揺れて、戸のガラスから中を覗く少女の顔。廊下から入ってこようとしている人の気配が出入口のそこで押しとどめられた、無人の図書室。

廊下で少女が、図書室の閉じた引き戸にもう一度手をかけて、

「あっちゃー、特別教室なんだから、夏休み中は施錠しておくよね普通」

がらんとしたその普通教室は引き戸自体が開いていて、いくつかサブバッグや野球部員の専用バッグが机に見当たる。彼女は自分のクラスの席で怒ったように机に両手をついて、

「……やっぱ、落ち着かない！」

三階の開いた窓から一人外を眺める顔。わずかに手が動いて、いかにも無心に何か口に運んで齧る。きっと昨日コンビニで買ったものだろう。

野球部はまだ試合中で、上から見ると陸上部の練習風景も目に映る。しばらく外を見ているが、グラウンド際の木立の下のベンチ、そこに一人ごろっと寝転がっている制服姿の男子生徒を見つける。堂々と仰向けに寝て、まるで身動きしない。

「あそこにもいた……私みたいな変わり者が」

市販のごくポピュラーな「栄養補助食品」。手元の黄色い箱が教室内では妙に目立つ。これ

が親への反抗めいた意味を持つ本日の昼食だとは。その箱をクリアケースの中にしまうと、もう一度さっきと同じように椅子に腰を下ろす。つまらない。

窓から風が吹きこんでくる。少し猫背になって溜息をついたとき、ちょうどチャイムが鳴り出す。

「一人でこうしてたって……家で本読もう」

聞き飽きた曲のサビでも聞くように、いつもと変わらないチャイムが鳴り終わる前にもう廊下へと飛び出している。何よりもまず「自分の気分」に従って動く。単独行動の素早い身のこなしは、まるで猫のそれを思わせる。

昇降口を出て、ふとあのベンチを見ると誰もいない。何だか期待外れというような足取りで歩きだすが、ベンチの座面に本らしきものがあるのが目に留まる。

「……ん、あれって?」

まわりを見渡してそっとベンチに近づくと、やはり何かの本なのだ。本屋の紙のカバーがかけてあり、他には何も見当たらない。もう一度キョロキョロして制服姿を探し、ベンチの下まで覗くが荷物もなく、「置き忘れて帰ったのかもしれない」と表情を変える。

確実にそれを悪いことだとは思いつつも、親切心でかお節介なのか、指先でこっそり本の中身を確認しようとする。と、めくってすぐ、裏表紙の見返しに見慣れたブックポケットがついていて、図書館の本だと判明する。一冊の本とその利用者——市内在住者および在学在勤者

――が、見えない糸か長い鎖でつながる音。誰かの借りた本がここにある。

「市立図書館の本……じゃあさっきの男子が？」と、手にとってつぶやきながら、次の瞬間にはもうその書名を確認していた。

「完全……じ、じさつマニュアル、うそっ……！」

もう一度確認して、パタンと本を閉じ、元のように置き直そうとする。ああでも図書館の本なのに外のこんなところに置いていったら、それはいかにも不当なことではなかろうか（ていうか図書館なのに「有害図書」が？）。顔にはとまどいや逡巡の色を浮かべながらも、何か放ってはおけないという真剣な気持ちが、その場に足を止めさせている。ベンチに置きかけた本を両手に持ち直して、次の行動を体に訊こうとしているかのような肩やうなじのあたり。

「なあ、その本だけど……」

いきなり背後の死角から声をかけられ、一瞬本を取り落としそうになる。

「わあああっ、とっとと……あっこ、この本」

単にこちらが焦っているだけで、目の前の半袖ワイシャツの男子生徒は平然と構えている。顔見知りではないしまるで見覚えがない。しかしどうもその顔つきとか態度が三年生のものであるような、そんな感じを受ける。もしかしたら他校のちょっと不良みたいな人なのか。

「さっきここで読んでてさ、うっかり置き忘れちまって、いいかな？」

「これ借りてる人……あっこの本、図書館のみたいだったので」

「……ちっ、ああ借りてるよ」相手はだいぶぞんざいに、ぶっきらぼうな調子で答え、また取り澄ました顔でこちらを見てくる。わっ、わっ。もしかして私、下級生だとでも思われてる？

「それじゃ、いいかな？」

そういわれてハッと気づき、

「あっ、ああ……うん、これ」

ごくごく遠慮がちに、本に目を落としながら差し出す。どんな顔をしたか手元しか見ていないが、相手は何か溜息を吐きつつ当然のようにそれを受け取ると、そのままスタスタと校舎側の階段を上り、そこでくるりとこちらを振り返る。

「『完全自殺マニュアル』……なあお前さ、俺がこれ読んで自殺しそうとか思ったわけ？ へっ、バカじゃねえの」

もう制服の後ろ姿。それを茫然と見送ると、一人ベンチの前に残される。その目が、完全に「猫の目」になっている。

（ワナワナ……）

友達と別れて一人、勉強がはかどらずにすごすごと家に逃げ帰ろうとする、そんな「抱えていた思い」など一時に吹き飛んでしまった！

内面における喜怒哀楽の感情と、身体側での不随意な反射運動。心の真の声に感情表現が追いつかないような場合。つまりそれはどういうことなのか。ちなみに詩人・谷川俊太郎の例によれば、かつて当人の頭に過ぎった幾億光年もの孤独な時空についての思いに、自らの感想を述べようとするよりも先に「思わずくしゃみをした」のである。だが彼女は。

いまそこを行く一少女は、短気な直情径行型の、カッとなると人格が変わるタイプらしい。激しい感情がそのまま歩き方にも表れていて、文句を吐きつつ肩を怒らせながら歩いてくる。

（嫌味な奴、嫌味な奴、嫌味な奴……！）

まわりが見えなくなっていることで、考え事をしながら歩くときのように距離が短く感じられ、もう団地につづく最後の上り坂まで足を進めている。森側からの蟬時雨。地蔵堂に差しかかっても「嫌味な奴」の連呼はまだ止まない。

（みなやつ、いやみなやつ……）

団地、階段、鉄のドアを閉めた玄関で、

「ああっ、いやみぃ……なあーやつ！」

思わず握り拳を作る、それでもまだ収まらないほど気が高ぶっている。スニーカーを脱ぎ捨てたすぐ側に、揃えて置かれたパンプスがあるのを気にも留めない。玄関からダイニングキッチンの冷蔵庫まで直行し、冷やしてある麦茶のポットに直接口をつけてゴクゴクと飲み出す。

「『へっ、俺が自殺でもするかと思った？』……あーあ、私みたいなバカに心配されてよかったねっ！」

ここで心の扉を完全に閉ざすかのように、冷蔵庫のドアを力任せにバカンと閉じると、自分がそんな大きな音をさせたせいではあるのだが、家の中が急に静まり返るように感じる瞬間が訪れた。

耳と側頭部。家で感じる家族の気配とは、何よりこうして自然と耳に入ってくる音、話し声でなければ些細な生活音によって受け取られる。無人の家に自分で鍵を開けて入るときの冷たい感じの解錠音も、誰かが帰宅してきた場合は「報せ」として響くのだ。——だがこれは、鍵を開ける金属的な響きではなく、微弱な持続音である。

「……あれ、お姉ちゃん!? なんだお姉ちゃん、今日帰ってくるんだったの?」

洗面室の前まで来ると、シャワーを使う音がしている。

(ジジャジャババババァ……ジジババババ……ババババァァ、ばばば……キュッ)

タイミングよくシャワーを使い終わる音がして、今度は姉の側から、

「レイあんた、帰ってるんでしょ……!」

と互いに確認するように言って姉妹が応答しあう。髪も洗ったらしい姉の渚は、シルエットだけでまだすぐ出てきそうにない。髪はロングだ。

肩をすくめて自室へ、といってもそこは姉妹で共有する二段ベッドで仕切られた部屋。机の上を見て、あの『ビリー・ミリガン』にすっと手を伸ばし、引き出しの中へと仕舞いこむ。そ

こにはきっと姉妹間でも隠したくなる何ほどかの理由があるらしい。「今読んでいる本」でさえ机の上に出しておけないとなると、

「ううえ。家でも勉強しないと、いけないのーぅ？」

家で勉強ができない。ともあれクリアケースの留め具に手をかけ、気もそぞろに片手で物を取り出していく。ペンケース、ノート、参考書。黄色い箱は昼食の残り――それも受験生にとってはリアルかもしれない。隠しタバコとか、もっと小さな何かの箱が出てくるわけでもなく、形と色がそれらよりだいぶ健康的。

ホットパンツにTシャツ姿の姉が、タオルを被って髪を乾かしながらただいまを言いにくる――「渚」らしく、白いTシャツの前面にはペンギンのカップルが南国のビーチで憩うプリント柄。回転椅子をこちらに向けた妹もそれに応えつつ、帰りの予定を「今日だったの？」と改めて不思議がるように訊く。

「いや合宿中にちょっとね。本当は明日までの予定だったんだけど、帰る人が結構いたんでそのまま帰ってきちゃった。……でもこっちがこんなに暑っついなんて、電車はいいけど駅から歩いただけでもう汗ダクダク」

「ねえ、あっちで樹海とか、風穴にも行った？」

「ん……ううん？　あっそうか、Y中の富士山麓自然体験って中止になったんだっけ……そりゃあんなとこに『サティアン』があったんじゃねえ、はは、事件が事件だし」姉はそう軽口

を叩いて、

「でも何だろ、私たちのときの修学旅行なんて普通に新幹線で京都行ってたのに。……清水寺に平安神宮に二条城に新京極。金閣寺に嵐山に。あと伏見稲荷の鳥居のトンネル懐かしいなあ。……聞いたけど、何でも校長が変わったせいだとかって？　ホント自然自然って……あっ自然観察部か」

当人が一瞬わざとらしく顔をしかめて発言者に非難の目を向けてから、すぐに話題を変えて、

「合宿中はさ……やっぱり夜になるとあれでしょ」

「そう怪談話に肝試し。ふふ、男女一組でね、ランタンを持って湖畔の森を進んでいくわけ。それでチェックポイントで各自記念写真。私は何も見なかったけど」

「ええ……ゼミ合宿ってそんなことしてんの？」

思うところとはちがう話になっていて、彼女はどこか「ぼやあん」とした顔で聞いている。

「だってそんなの、自殺者の霊でも写りこんだら絶対嫌でしょ!?　西湖(さいこ)周辺なんていったら樹海にもだいぶ近いから。『写っちゃってルンです』じゃ洒落にもなんない。だからもう現像に出すのが怖くて怖くて」

ぼやあん。やはり何とも言えないでいると、「ちょっと待って」と渚が二段ベッドの向こうにまわり、すぐに小さな包みを持って戻ってくる。

「はい、これあんたにお土産」

「えっ、ありがとう。お守り……浅間神社？　お姉ちゃん、まさか富士山登ったの!?」

「登んない、麓のほうの神社。でも同じ浅間神社のだから、きっと霊力あるよ。受験がんばんな」

「お……お姉ちゃん、そんな」

困惑気味の顔で目線を落とす。エールを素直に受け取れないらしきその仕草。応援されるのが気恥ずかしいのか、何かもっと他に「困る」理由があるのかどうか。それでもとにかく「そんな姉」が帰ってきた、自宅の一室――。

団地前の通りの路面の照り返しがだいぶ強い。見ているだけで暑いので、もしかしたら誰も見ていないかもしれない。日中に熱せられたアスファルト上には野良猫一匹姿を見せない。居住に特化した人工都市ながら、公道上では日暮れ時でもないと犬も散歩させられないのが実情というべきか――団地内の芝生部分はといえば、見慣れた「芝生には入らないでください」の札。まだまだ日差しは衰えず、四時にもなっていないようだ。

台所で姉が立ち働く音を聞きながら、少女は一人机に向かって頬杖をついている。ペンケースに結びつけた真っ赤なお守り。そこでつい本音が出てしまったというようなつぶやき声。

「はあぁ、オカルトだのミステリーだの超常現象だの……それに『霊力がある』だなんて、どうして世の中そうなっちゃうの？　もうそんなの、オウム信者とどこがちがうっていうの……」

§

夜の団地の君島家、ダイニングキッチンで父母を相手に渚が何のかんのと土産話をしている。

「そうなのよ、だからそこで『集団心理』が働いて――」

心理学徒によるそんな話題。母親の口からは「ユネスコ」との派手な固有名が出て、きっと富士山の世界遺産登録が実現するか否かの問題だろう。それに関連してなのか、霊峰が信仰という父親は、ライフワークとする郷土史研究の話を始めたのかもしれない。

三人のいる団地四階端のベランダ側ではなく、側壁の窓からも明かりが漏れている。自室の机に向かう少女は居間の議論には参加せず、いま熱心に読書しているところだった。

とても熱心に――貸出手続きをせずに持ち出した資料だが、読み出した本を途中で投げ出すことができない性分か、冊数の目標達成を主眼に置いているか。しかし本当のところは自分のことも含めて「人間についてもっとよく知りたい」との欲求に突き動かされているのではあるまいか。

（……パタン）

本を閉じる。夏休み中に読もうとしている何冊目かの本。それをいまちょうど、深い溜息とともに読み終えたところ。表情に達成感がにじみ出ている。家族から本好きの部分を受け継ぎつつも、受験生としてもっと影響を受けてしかるべきかもしれない「勉強の習慣」はなおざりにされている、というのが現状のようだ。

　家で勉強できずに図書館に行くと、受験勉強で使えるような参考書の類は置いていないが、借りて読みたい大人っぽい本とすれば、背伸びをしたがる気持ちにも十分よく応えてくれる。駅前の学習塾の自習室ではこうはいかない。館内の学習室での勉強目的の他に、多くの本（人類の叡智！）に接するという図書館の本来的な利用目的がある。だからこの少女は図書館に行くのだと思う。

　その後、今夜はちゃんとパジャマになってベッドに横たわる。二段ベッドの下の段。寝入り端まで考え事をしている。

「……明日は七時半に起きて、朝から図書館でとことんベンキョーをする。読む本はよおく吟味して、一冊決めて借りて帰る。ん、それとも先に読む本を選んじゃったほうが集中できるかな……だとすると、うぅん……」

（ダストシュートに本を……）

と、もう完全に寝顔になってはいても、意識が途切れる寸前の考えやイメージは頭に残るらしい。

「メイ……メイ！　あんたまだ……ってんの。いっつもそん……ばっか……てると、きっといまに…………から。……っとにもう、メイったら！」

寝ぼけ眼でいた一瞬、自分がいまそこで畳の部屋に布団で寝ているのを何とも不思議に思って、「ここお祖母ちゃんち？」と口にしかけて気がつくと、灰色のカーペットに掃除機をかけようとしている姉がいた。

「お祖母ちゃん？　何よレイほら起きたの、もうとっくに朝よ！」

「……あれ、あれ私、いま起きながら夢見てたみたいな……それにしても、ああー変なの」

畳の部屋ではなく団地の自室だった。そこで改めて部屋を見渡すと、目覚まし時計の針が九時を指していた。

「うわ何、もう開館してる時間！」

「あんた夏休みだからってね、こんな時間まで寝てたんじゃ仕方ないでしょ。お父さんもお母さんも、もうとっくに出てるわよ」

洗濯機が回る音を聞きながら、洗面室で歯を磨く。ダイニングキッチンに来てみれば、テーブルに和食の朝食が出ている。

何となく食べ始めていると、ちょうど掃除機をかけ終わったらしい姉からの、「朝ご飯テーブルに用意しといたから、早く食べちゃって！」の声。

「……そうだそういえば、『武蔵野トトル』のナツキお姉ちゃんって、毎朝早くに起きてみんなの朝ご飯作ってたんだっけ。しかもお父さんのも自分のも、ちびのメイコの分までお弁当作って、それから中学校に行くんだった……たぶん掃除機はまだない時代だけど」

少し神妙な顔をして、話のなかの姉妹のことを思い浮かべてみるようだった。

「ああ、森に住むフシギな妖怪トトルか……『命をトトル』じゃなくてよかったけれど——」

場面は月夜の裏山。ナツキが必死にスダジイの巨木の前で叫んでいる。

「メイがいなくなっちゃったの……私が強く叱ったせいで。このままじゃメイが死んじゃう……ねえトトルお願いっ、私の命を取っていいから、妹のところへ連れて行って！」

と、そこへこちらの世界の渚が顔を出す。

「さあさあわが家の受験生は、早く食べた食べた……お母さんの夏期ゼミと論文準備が一区切りするまで、今日から私が主婦業やるからね。あんたは勉強だけをするように」

途端に少女が顔を歪める。

「うえっ。なんでお姉ちゃんがぁ？」

「あれ、いきなり文句つけてくるわけ？　ああはいはい、じゃああんたが『兼業主婦』として勉強しながら炊事洗濯掃除して、近隣センターまで買い出しに行ってくれるのね。四人分の夕食作るんじゃ、きっとこのテーブルが勉強机になるわね。邪魔しちゃ悪いから私は市民プールに泳ぎに行くか、タツガワ駅前で映画でも観てこようかしら？」

話の途中からもう食べるペースをずっと上げて、箸でかっこむように残りのご飯を平らげる

と、

「ごちそうさまっ、わあもうこんな時間。私やっぱり家だと勉強がはかどらないので、電車で第三図書館に行ってきまあす。ああ今日も忙しい」

「ゲンキン……!」

ひひひっとその場を去って、もう部屋で着替え終わる。白の半袖ブラウスに赤い薄手のニットか何かのベスト。黄色いプリーツスカートは膝が出る丈。部屋を出がけに夏らしいカンカン帽をひょいと被る。

廊下のそこに、姉が立って待ち受けている。

「はい、お昼用にサンドイッチ作っといたよ、カバン入るでしょ? あと悪いんだけど城跡台の駅でさ、これ現像に出しといてくれる?」

「そんないいのに、うん……えっでも現像って、近隣センターに行くなら、あそこにスギタヤカメラがあるでしょ」

「いや……あの店はだって、同じ団地の人がやってる写真館だからさあ。って、あんたの小学校の同級生がいたじゃない」

「うん杉田。中学も一緒で、いまクラスまで同じだよ」

「だったら余計に、現像で中身見られるのイヤって思うでしょ普通」

きょとんとしたところに、使い捨てカメラをポンと手渡される。

「……へぇ、お安い御用で」

「じゃ頼んだね」

階段室にカンカン帽が見え隠れする。麦藁の濃いクリーム色に赤いリボンを巻いた帽子の明るい色が、四階から一気に一階までリズムを刻んで駆け降りる。コンクリートの青みがかった建物を背景に、周囲から浮き出すように鮮やかなその色の溌剌とした動き。今日は青っぽい寒色系はいっさい身にまとわず、いわば色調として淡さや鈍さや灰みなどのない、彩度の高い色を組み合わせる――それが地上に飛び出してくる。

「レーイ!!」

ふと頭上から姉の声が降ってくる。見上げると三段上の踊り場に手と顔が覗く。

「あんたこれお金、現像代!」

と、千円札を手にヒラヒラさせているが、「いくよー!」と次の瞬間それを二つ折りして四つ折りして宙に放る。

まさかそんな。千円札は勢いよくクルクルと回転しながら、ざっと五秒ぐらいで一階地上付近まで落ちてくる。が、これを地上に落としてなるものかと帽子で受け止めようとして慌て、まるで「お金に踊らされている」かのような格好になり、最後はどうにか体の高さでキャッチする。

「現像だけでいいからね、プリントするかはネガ見てから！」

「え、なんかイケナイ写真でも……あはは！」

「なにバカいってんの！」

悪戯が見つかりでもしたように、身を翻して団地の外へと急ぎ走る。

駅近くの歩道のない通りに面して、見慣れた外装の全国チェーンのコンビニが一軒（前に見た店）。線路沿いの看板と柵と踏切に、対面式のホームがすぐそこに見える。

駅周辺に緑は少なく、まちなみは多少ごちゃごちゃしているが、どことなく古い街道筋を思わせる感じの道。ニュータウン的ではなく、それだけ「世間に近い」という感じだ。

人の疎らなホームに立って電車を待つ間。電車到着のアナウンスに何気なく首を巡らすと、ホームの端のほうにある無人のベンチに何か灰がかった塊が見え、一匹の猫がじっとうずくまっているとわかる。

いつものように来た電車に乗りこみながら、

「あれって本物の猫だった……？　野良猫がベンチで一休みなんて」

閉まるドアに身を寄せ、もう一度よく確かめようとする。しかし発車後に流れていくホームのベンチに猫の姿はない。

「いない……え、まさかこの電車に乗ったの!?」

そこで矢も楯もたまらず、車両前方へと急ぎ進み、ほとんど傍若無人に連結部のドアを開け放っていく。乗客が振り向くがお構いなし。車内をずんずん進む足取り、何やら急に楽しくなってきた感じ。ところが次の車両へと移ろうとしてそこに通路がなく、先頭車同士が鼻をつき合わせているのに阻まれてしまう。

「……運悪いっ、せっかく珍しいものが見れそうだったのに、ひえー先が見えない」

電車が少しカーブして、車窓に高めのビルが増え、鉄道会社系列のデパートの屋上看板が見える。いつの間にか電車が高架上を走っている。

(「つぎは……じょうすぇきー、おうかーだい。つぎは、じょうせきおうかーだい」)

急行利用客はこの駅で乗り換えよとのアナウンスがある。「城跡桜花台」とはいかにも謂われがありそうで、やはりニュータウン的ではない。そしてそこが降りる駅だ。

ホームに出て一瞬、前の車両に乗り移ろうかどうか迷う素振りで足が止まり、電車を振り返る。

「うん、ここはやっぱり――」

ベルを合図に背後でドアが閉まる音。電車車両の、何色ともいいがたい車体の独特な配色。電車に背を向けてホームに留まった少女が、よろよろと打ち萎れたようにそばのベンチに近づき腰を下ろす。そのとき斜め前方の車窓に、外の景色でも眺めるようにちゃんと頭だけ出した灰色の大型猫が見える。座席に後ろ足で立って胴を伸ばしている様子がうかがい知れるが、少女は気づかないようだ。

ベンチで一瞬うなだれる。そこでただ落ちこんでいるばかりでなく、誰かに向かって打ち明けるように、ついその内容を直接声に出して言う。

「こんなの去年までの私だったらさ、絶対あのままあっちの車両に飛び乗ってたよね。好奇心の塊で、猫と一緒に多摩川越えたって、本間先生にビッグニュースを届けられるなんてウキウキして。あーあ、自然観察部のあの子は、いったいどこに行ってしまったんでしょうね」

そこで顔を上げて、電車の走り去った線路の先を見やる。電車はほどなく鉄橋で多摩川を渡ることになる。

「でもあの電車猫、ニュータウンだけじゃ不満で、それであんなふうに多摩川を渡って暮らしてるのかしら。逞しいというか賢いというか……ん？　一駅しか乗らない私よりか行動範囲が広い？」

ホームからの階段を降りてきて、勝手に足がうごくように改札に向かう。こういう駅だと猫はあまり利用したがらないかもしれない。自動改札を抜けていく。すると開けた駅前である。

駅前のロータリー広場のモニュメント。大きな商業施設が駅周辺に集まっていて、人通りも交通量も多いがとくに何か発見があるわけではない。やはり心が空っぽのまま信号を渡って進む。

並木が歩道に木陰を作る。道路の両側には二、三階建てくらいの商店がいくつも並ぶ。小綺麗な観光地のメインロードといった感じ。しばらく路面ばかり眺めて進むうちに、足元に小さな橋が現れて川を渡り、ふと気づくと、行く手に緑の丘を上るつづら折れの坂が迫っている。

草っ原の斜面と道幅のあるアスファルト道。丘の上は造成された住宅地だろうか。樹木は少なく、上るにしたがい片側の視界が開けてくる。その二番目のカーブ。カーブする坂の傍らに、コンクリート造のずんぐりした形状の、やや古めかしい公共建築らしき建物が見える。

いま少女が正面玄関への階段を上っていく。目的地としての図書館――。それは誰をも受け入れてくれる場所にちがいない。


図書館利用は慣れたもの。通りがかりに壁の掲示をチェックしつつ、

「……ふう。学習席、もう全部埋まっちゃってたか」

しかしたいして落ちこんだりはせず、そのまま書架の間を移動していく。二メートルくらいありそうな木製の書架がずらりと並ぶ列。手近な棚の側面に、「0総記」「100哲学」などと、分類を示す大きな白いプレートが見える。

(――「140　心理学」

――「150　倫理学・道徳」

――「160　宗教」)

ある場所で立ち止まると、こっそりクリアケースのカバンから取り出した本を一度確認して、棚に並ぶ本を横に追っていく。背表紙の図書ラベルに記載のよりくわしい分類番号が、本の置

かれるべき場所を示してくれる。と、本と本に挟まれた細い縦長の空間のすぐ外側に片目をつぶった少女の顔がふと覗き、動きがあって一冊の本がそこへ蓋でもするように迫り、一冊分の隙間がぴたりと埋められる。

その棚を前にした彼女の横顔に、皮肉というほどではないものの、ちょうど横からわかるように本の列に挟んだ「犯罪心理学」との分類用の仕切り板の文字が確認できる。

(――「宗教学」「その他の宗教」「神道」「仏教」「キリスト教」)

もう新たに本を選び始めている。一冊本を取り出して開き、頁をめくり、すぐまたそれを棚に戻す。クリアケースは床に置いて、右手の指先が本の列を横に追っていく。本の側から見た彼女の両目と前頭部。一番上の段には手が届きにくいらしい。あれは何についての本だろう。本が背表紙のタイトルを連呼して、少女の興味を誘おうとしている。

また一冊分の本の隙間ができて、すぐそこに少女の顔の一部が覗く。上から二、三段目のあたりか、彼女は棚の前でやはり難しい顔をしている。手にしているのは、なかなかに分厚く、装幀が厳かな感じの灰色をした本だ。無地の表紙に、タイトルらしきアルファベットが並ぶが、目がよくてもこれを読み取るのは容易ではない。

(「Le Musée Des Sorciers Mages et Alchimistes」……)

背表紙にある日本語タイトルの文字を見て、

(――『妖術師・秘術師・錬金術師の博物館』)

それが「グリヨ・ド・ジヴリ」という著者の翻訳本だと確認できる。カラーの口絵が何頁か、また本編中のほとんどどこを開いても図版が載っているようで、頁をめくるたび何か中世ヨーロッパを思わせるような描画が目に留まる。開く頁開く頁に奇怪な絵が出てきて、つい手が先に進みたくなってしまうようだ。

「雨を降らせる魔女」「栄光の手」「不思議のろうそく」「地震を起こす星形」「呪いによって海を渡る妖術師」……といった数々の図版。それもこれもいったい何のことやら、オカルトを詰めこんだ博物館でも建てようというのだろうか。

どう見てもこれは怪しい。一冊の巨大な本の頁の前で正気に戻ろうと首を振る。あれだけ否定したがっていたオカルトだがやはり気になるのか、黙読しながら内心の声が漏れている。

「ここのP222のとこなんて……『いくつかの魔法書によると、コウモリ、黒メンドリ、カエルの心臓を右腕にかかえても、やはり非常にたやすく自分の姿を消すことができる。だが、ギゲスの指環をはめる方がしゃれている。その石を手の内側へ、あるいは外側へ回すだけで、思うように姿を現したり消したりすることができるのだ。この指環は不揮発性水銀で作らねばならない。そこにヤツガシラの巣で見つけた小さな石を……（中略）……それを指にはめて鏡に姿を映してみて、姿が見えなければ、指環作りは成功である』だってさ。なあんだか」

と、そうは言いつつも引きつけられるところがあるようで、そこに立ったまましばらく読み耽っている。

「でもこの本……『ノストラダムス59歳の時の肖像画』だなんて、なんでそんなものまで載せているの」

棚の隙間に目を向け、本を戻そうかどうしようかといった素振りで、しかし悪癖か習い性のように、後ろの見返し部分をぱっと開いてブックカードを確認する。貸出者は過去に三人きりなのだろうか、カードの利用者番号は三段を埋めているにすぎない。ここに目に見えるかたちで存在する、読者の多寡という人気のバロメータ。年月日の欄にはどれも九〇年代の日付が入っている。

「九三、四、五年って、年に一人ずつしか読んでない……ん待って、今年の五月に借りたこの人、『01999-7』って……うわ、ちょっと何これ、もろに不吉な利用者番号」

一九九九年七の月。何か急に思いついた足取りで、また棚を横に移動する。と、そこには正面上部に「140心理学」のプレートが掲げられているが、ちょうど手近に「超心理学」だの「易学・占い」だのといった分類用の仕切り板がある。そのあたりの並びから、手際よく一冊を抜き出す。ふと表紙が覗く。

(――『ノストラダムス全予言』)

と、結局あの猫は追いかけられなかったが、いままた新たに一つの謎を追いかけようとして、どこかに向かう別の電車に飛び乗ったのである。

「まさか……ビンゴ。この人これも読んでる！　ふふ、やっぱりそうこなくっちゃ。そう、あなたはいつか一人でここにいたのね、きっと『世界の謎を解く』ために……！」

何となくそうつぶやいてみてから、また考える。

「うーんいまいち、これじゃあ樹央作品の台詞全部言えるユッコみたいになっちゃうかな？」

いつの間にかその場にしゃがみこんで別の本を開いている。真剣な面持ちでブックカードを抜き取る動作。いま三枚のブックカードをトランプゲームのように手に持って、「01999-7」を確認している。

（――「新聞閲覧席」）

テーブルの片隅に何冊も本が積み上げてある。ただし閲覧は閲覧でも、「次に読む本」を吟味しているようでいて、利用者番号がどうのという予言がどうのという秘密の調査に夢中なのだ。そのとき不意に、事務用の黒い腕カバーをつけたワイシャツの男性が、彼女のいるテーブルにすっと体を寄せてくる。

「……おっ父さん!!」

思わず大声を出した口に手を当て、周囲を気にして首をちぢこめる。自分が突拍子のない声を上げたせいなのだが、親子でいるこんなときだと余計に恥ずかしい。テーブルの向かい側で驚いて天眼鏡から顔を上げる白髭のご老人。新聞を開いたままの姿勢でこちらをちらりと一瞥するメガネの中年男性。隣のテーブルでも少し動きがある。

「……レイ、はいお届け物。こいつがカウンターに」

えんじ色のクリアケース、あっと驚いて足元を見る。

「これ娘さんの持ち物なんじゃないのって、ついさっきカウンターから郷土資料室まで回送されてきたんでな。ふと見たら勉強道具が丸ごと入ってて、これじゃあさぞかし困ってるだろうって——」

表情からは「恥ずかしくってしょうがな」くて、少女がさっと立ち上がる。


緑の非常口灯、防火扉。二人で階段の前まで移動してくると、

「え？　まさかもう帰るってわけじゃ」

「ち・が・う・のっ……あそこの席にはすぐに戻りたくないから、少し外に行ってくる」

「学習席が空いてないんじゃあ、まあしかたがないか」

「そうでもないけど」

父親が階段の手前で振り返る。冷静に判断するならば、むくれているだとか勝手にすねているのでもなくて、たんに親子の距離感といった部分での問題に見える。だが当然、そんな込み入った思いは明かされない。

「お姉ちゃんがね、サンドイッチ作ってくれたから、外に行って食べてくるだけ」

「お……そうか、ジュース代ある？　ふうん、それじゃあまた」

正面玄関を出てすぐ横に折れ、建物脇へと回りこむ。自動販売機と駐輪場、木陰にベンチが三台ある。ベンチは二台空いているが、そこに高校生くらいの男女が蝉時雨を浴びながらじっと下を向いて座っているのが見える。それをまともに見ないように通り過ぎていく。

階段を上った裏手の小さな駐車場に出て、ふらふらと目的もなさそうに崖側の柵の前まで進んでいる。人気のない駐車場を背にした後ろ姿。駐車場しかない図書館裏は殺風景でも、景色が開けているので気分転換にはいい。

「多摩川の、多摩川の……何だっけ。ええと、何とか何とかさらさらに、何とかこの子のこだ悲しき」

国文学科卒という母親なら、ここで「多摩川にさらす手作りさらさらに　何そこの児のここだ愛しき」と、万葉の東歌を諳んじたろうか。少女の目にいま多摩川は見えていない。

ビルが集まっているあたりが駅だろう。何となく先ほど通った道路がつづいていく感じがあり、手前側に一本小さな河川の護岸が走っている。手前を見たほうがなぜか高さを感じる。あそこにかかる小さな橋。結構な高さまで上ってきたのだ。

いま横に広がる空は、低いところにいくらか雲が出ていて、下側ほど白っぽく見える。遠くの景色はごく静か。視界に収まる範囲では、空の青みがかる部分に帽子の縁がある。広い景色を前に、体のことを忘れるあの感じ。

「たまやぁー、たっまやあぁーっと」

自分の声の退屈な響きと無駄な時間。帽子の少女の今日の冒険は、あえなく柵のところで行き止まり。ほとんど物理的に、常識的にその先があるわけがない。

柵に胸をついて下を覗くと、すぐ真下にコンクリートの階段があるのに気づく。斜面の草っ原に沿ってジグザグに折れながら、階段は細い手すりと一緒に下の住宅街までつづいているように見える。階段を上った先は図書館の敷地内ではなく、そのすぐ裏手につながっているらしい。

「知らなかった、こんなところに階段なんてあったんだ……」

柵から乗り出す格好で階段との接続ぐあいを確かめようとするが、角度が足りず裏の敷地のブロック塀が見えるばかり。こちらと向こう、駐車場との境のブロック塀は高さ二メートルはあろう、そこに勝手口のような鉄のドアが設けられている。すばやく駆け寄り周囲を振り返ってノブに手をかける。

ドアは開かず、ひっそりした裏手にノブの音が響く。少女の気まぐれをはね除けると、一瞬何の気配もしなくなる。しかしここにドアがあるのは、こちらとそちらで行き来するからだ。するとそのドアではなく、塀の上にカバン、上半身とスカートの足が乗る。ああっ、カバンが傾いて落ちるのに慌て、塀の上にまたがる間もなく飛び降りる。カバンを拾い上げて、無事にドアの向こうに立つ。

裏手の道が塀に突き当たるところに階段が通じている。さらに横手に折れていくごく細い抜け道があり、階段のつづきのように土の坂となっている。両側は住宅裏の塀だろう、人一人やっと通れるくらいの幅しかない。

「けっこうすごい坂、どこまで通じてんのかしら……」

はっはと息を切らしながら、狭いところを上っていく。そこはまるで秘境ではないし、人が手を加えた通路にはちがいないが、これこそ日常に生じた裂け目のようなものか。ひっそりとした日の当たらない場所、湿った土のにおい。決して豊かとはいえないが、ここに自然というものがあると思える。

すると少女はいきなり住宅街のただなかにいる。土の地面などもはやどこにも見当たらない。さっき地上へと延びる長々とした階段を発見したときの、そこに「天空都市」を見たかのような浮遊感はまるでなく、電柱もあればカーブミラーも道路標識もある、他と変わらない住宅街だ。

カーポート付きの駐車場に高級そうなセダンを止めた家。庭の松が石造りの塀の向こうに覗いている家。玄関前には必ずといっていいほど門扉があり、とにかくどこの家も立派な塀で敷地を囲っている。

丘を覆うように広がる一戸建てのみの住宅地、いわゆる第一種低層住居専用地域なのだろう。道は全体的にゆるい坂のようで、坂の町なら慣れたものだが（一口にいえば道路だけが水平でないのだ）、どこもだいたい十字路か突き当たりはT字路で交わる。道が入り組むということはない。理路整然ならぬ「街路整然」といった感じ。これもまた何かやりきれない。

やはりここらの道路でも猫一匹見つかりそうにない。通行人さえ見かけないくらい。一方で、外飼いの犬に不意に塀の向こうから吠えられたりしたが、それさえも住宅街の「お約束」めいたものではあるまいか。

思わずつぶやいてしまう。

「せっかく作文に書けそうって思ったのに、『秘密の小道』を通った先で、私はいったい何を見つけたの……?」

§

思惑が外れる。冒険中の少女の本音としたら、日常を取り巻く均質さから抜け出してきたつもりで丘を上り詰めてもニュータウンの風景しか見られないとなると、ふりだしに戻されたも同然だった。これでは何の体験でもない。またもし本当に作文に書くことにした場合、きっとそこには「転」のあとの「結」となるものが欲しくなる。

道の先が十字に交差しておらず、かといってT字路のような形で突き当たらずに、その真ん中に大きな針葉樹を生やしている。つまりどういうことなのか、ちょっと走ってそこに出る。

「わあ……わあこれいいな、まるでヨーロッパにあるような」

あいまいな言葉が口をついて出る、思わぬ風景との出会い。これもきっと交差点にはちがいないが、円形広場のようにも見える小さなロータリーなのだ。住宅街の中にさり気なくある感じがいい。一方通行の表示に従うように左側から、針葉樹の暗めの深緑色をした葉色を見つつ回っていく。少し背後に退いて全体を眺めてみたり。ちょうどそこにあったベンチに腰を下ろす。

「そんな素敵な場所を発見した私は、しばらく時の過ぎるのも忘れて、そこのベンチに座ってぼうっと眺めていました」

クリスマスツリーのモミの木だろうか、巨木とか大樹というほどではないが、本当にその木に見入ってしまった。

「……いらっしゃい。ああどうぞ、ゆっくりと眺めていってくださいな?」

すぐ横で急に声をかけられ、そこに立派な白髭の老人が立っているのに驚く。老人は戸口から半身を出して立っている。ベンチの背後を改めて見ると、だいだい色の塗り壁のような建物の壁面で、何かのお店のようだった。驚いてぱっと立つ。

「あっここ……お店だったんですね、すみません勝手に」

「いやいや、いいのいいの。散歩の方にそうやって気持ちよく使ってもらえたら、作った人間にとっちゃあエライご褒美だ、むふふ」

見たところ地味な色合いの服に、ポケットがたくさんある帆布のような前掛けをつけていて、鍔（つば）のないお椀形の赤い帽子（ベレー帽ではない何か……）を頭に載せたお爺さんだった。見た目からしてきっと何か作っていそう。

「このベンチ、えっ、そうなんですか！」

「ほほ、いかにも。いやちょっとした手慰みですよ。ああもしよかったら、店のほうもどうかご自由にね」

そのまま戸口のほうへ近づいて、

『自由工房　どわあふ』

と、脇に立てかけられた巨大な一枚の板、看板の文字を声に出して読む。

「どわあふって、あのドワーフのことですか？　地底の王国に住む小鬼たちの……わあっ、ステンドグラスがいっぱい！」

ステンドグラスによるランプ、置物、入れ物、鏡、ブローチや何かのアクセサリーが、木の台や棚や壁に所狭しと展示されている。

「うん、みなさん丹精されているが、こういうのは全部素人の作品ですよ……。作家の美術品を扱うわけではないのでね。しかしここにあるのはどれもみーんな、この世にたったひとつっきりしかない、一点物の力作ばかり」

お爺さんがニンマリとする。

「ええ、こんな素敵に……でもみなさんって、私いま一瞬、それってドワーフたちのことかしら、なんて思って」

「なっ……はっはっはっ！」

この作品その作品と、もう一度それらを眺め渡して、

「それじゃあ、こちらで教室か何かを開いていたりするので？」

「はい、工芸をやる教室です。ステンドをやってみたり、彫金っていう金属細工に挑戦してみたり。石なら表札だとか落款なんてものも作りますよ。それから、一番は木工教室だね、私の専門。木彫りの小物作りから立体像まで。……ドワーフの鍛冶屋だの鉱石掘りだのってわけじゃないが、こちらもノミや玄翁を使うからね」

楽しげに言うのを聞いて少女も微笑む。店内を見渡すと、その彫金作品らしきアクセサリー類を飾るケース、木彫り作品も奥にたくさん並んでいる。しばらく一緒に見て歩く。少女が指を差して何か尋ね、老人がそれに答える。また別のコーナーでは、細工の細かさに驚いたり、感心したり放心したり、表情がくるくる変わる。まるで興味津々な小さなお客さん。

口をぽっかりと開けた埴輪と、老人の声。

「……時間をかけて自分の手で物を作る。いまは小学生の子供でも塾だ何だって忙しい世の中でしょ。夏休みの自由工作も、手っ取り早く済ませたいっていうような効率優先でね。何でもうちの孫の中学校じゃ、技術家庭科の時間にコンピュータまで習うようになったそうで、一段と物作りに触れる機会が減ってしまいました。いや、まあこういうのはじっくりとした根気

のいる作業ですから、とてもこの時代には合わないね」
と、花びんを飾ったテーブルに、一体のとても奇妙な形をした像があるのに目が留まる。近づいてよく見ると、顔が三つで腕が六本ある、黒光りした異形の木像だ。華奢な体にごく細長い棒のような腕を広げたそのバランスが妙にいい。そして顔の表情。自分の顔を近づけて、思わずじっと見入ってしまう。

「阿修羅像に興味を持たれましたかな」

「これが阿修羅……。だってこの正面の顔、とっても悲しげな表情をしているのに、澄んだ目でどこか遠くを見つめていて、まるであどけない少年がいるような？ 阿修羅なんて、私もっと鬼みたいなのを想像していました」

「うん、もともとインドの鬼神だしね。『阿修羅のごとき形相』っていうくらいだから、普通なら憤怒の表情でいいはずだ。ただしもうこのときは、お釈迦様の教えに帰依した後の姿で、その守護神になったということなんだね」

「ふうん、そっか。じゃあつまり彼は、敬虔な仏教徒ってことなんですね」

「へえ……はあまあ、そうなるのかな、んふっふ」

阿修羅像の正面の顔がじっと前方を向いている。

そこで一区切り。店内を一周したところのようで、ステンドグラスの大きなランプが二人のそばにある。少女が木の台に並ぶ作品群に目を向けながら口を開く。

「……歪みとか粗さとか、お話を聞いているとと味わいっていうものがわかるような気がしてきました。あと作る大変さとその楽しさ……自分で何か作れたらどんなにかいいだろうなあって」

と、少女が老人に向き直って、

「でももうすっかりお仕事の邪魔をしてしまいました。私いま、下の図書館を抜け出してきたところで……ええそうなんです。本当は作業も見せていただきたかったのですが、今年中学三年で、そろそろ受験に専念しないといけない時期なので。でも、今日は抜け出して正解、とっても楽しい散歩になりました」

「こちらこそ楽しい時間を過ごさせてもらいましたよ。お嬢さんのように、素直な心で何にでも興味を持たれる方なら、きっと学業でも力を発揮できます。受験も物作りと一緒で、日々の地道な取り組みこそがね……いやはや、教育家でもないのについ専門外のことを」

戸口付近に立つ二人。少女はカバンの取っ手を両手で握り、お礼でも述べてお暇する格好である。と、そこで老人が、

「あそうそう、今日の記念にね、うちのポストカードを差し上げましょう。ほらさっきの阿修羅像にミニチュアの道具をいろいろ持たせてね、写真好きの生徒さんが作ってくれたんだけど……」

「えっあれを写真に撮って……写真？　そうだお姉ちゃんにフィルムの現像頼まれてたんだった！　はあぁ、さっき駅前で出しとくつもりがとんだソコツ。うわ、これじゃお母さんのこと『江戸っ子』だなんて言えないよホント」

何のことかと老人が目を丸くしている。床に置いたカバンからフィルムケースを取り出して、

「お爺さん！　私やっぱり城跡台の駅までひとっ走り、これ現像に出してきます。そうだ、あの秘密の階段で！」

ぺこりと頭を下げるとそのまま本当に走り出すが、ロータリーに出てすぐ自分の両手を見て立ち止まり、慌てた表情で振り向くと、店の前にカバンを抱えた老人が立っている。

「お嬢さん、こんな炎天下で走ったら日射病になってしまうよ！　悪いことは言わないから、うちのこの自転車を使いなさい！……いまサドル下げるからね」

だいだい色の壁面に緑の窓枠、そして緑の屋根をもつ二階建ての一軒家が目に映る。二階自体が屋根であるかのような台形をし、上部に煙突が一本突き出ている。外国の、スイスにでもありそうな家。

その店先に、なるほど自転車が一台止めてある。サドルを下げてもハンドル位置が低く、自然と体が前傾姿勢になるのが特徴の、男の子が乗るような形をした自転車だ。学生カバンが入るくらいのカゴが後輪の脇についている。

そこにえんじ色のクリアケースと帽子。少女が一度スカートを直してまたがり、やや不安を

感じさせるような動作で前傾姿勢になる。

「あ、大丈夫です……」

そういいながら、もうふらふらと勝手にスタートしている。

「じゃあ帰りは上りで大変だから、図書館の駐輪場に置いとけばいいからね！　いいや、あとで孫を取りにやらせるから心配ご無用！　そこ左に曲がって、あとは一本道！」

ロータリーを右回りで進み、声に従って左折する。やはり不思議とこのあたりには通行人がいない。道はなだらかな下り坂か、風を切ってそこを行く少女に笑顔が戻っている。

「わあ……素敵なお店に物作りのお爺さん！　ふふっ、また来たいって言っておけばよかったな？　この自転車の顛末も作文に書いちゃおうか、タイトルは『図書館を抜け出して』。おっとヘアピンカーブ」

山中めいた下りの急なカーブを、重心をやや内に向けた姿勢で走っていく。早くも他人の自転車の操縦に慣れている。羽根のない飛行機。

下るときは早く、本当に一本道で、もう図書館が正面に見えるカーブを自転車が走り抜ける。後ろから走ってくる車よりスピードが出ているくらいかもしれない。

（背の高いモニュメント、時計――）

人通りの多い駅前ロータリー、街頭の時計は二時五分を指している。その一角の歩道上に何台となく自転車が駐輪してある。カンカン帽を被った少女がその列から一台出そうとし、隣の自転車を危うく倒しそうになる。

ようやく取り出してカバンをカゴに入れながら、初めて前輪の泥よけに「天野龍二」と名前が書いてあるのに気づく。

「ふうーん、あのお爺さんアマノさんだったのか……天の、天からの、天翔ける龍」

信号待ちで停まっている間、車の行き交う大通りを渡った先に、斜め後ろから見た顔にどこか覚えのある少年の姿をとらえる。

「バカじゃねえの――」

まさか昨日の今日でつづけて二度も遭遇するなんて！

並木道の歩道をあえて反対側に渡り、帽子をやや斜めにずらすように被り直して自転車を押し、何となく後をつけていく。少年はポケットに両手を突っこみながら前屈みで歩く、そんなところも何かムカつく感じ。背中に大きめのリュックサック。今日は制服ではなくジーパンにチェック柄のシャツだ。

方角的に嫌な予感がする。商店街に並木がなくなり、商店も減って少し殺風景になる。このあと道が川を渡り丘を上るともう図書館に行き着く。さらに嫌な予感。

いよいよ橋を渡ったところで、少年はふと横道に入っていく。川の脇に広がる住宅街。なあんだ紛らわしい。ほっとしてそこで立ち止まる。

図書館前の坂を上る車がカーブを左に曲がっていく。歩道に人の姿はない。

車輪が並ぶ。もう駐輪場に停めたらしい少女が図書館の正面玄関を一度入りかけ、そこを通り過ぎて崖側の柵のところに向かう。植物プランターの間に身を入れると、柵から首を伸ばして下を覗きこむ。しかし斜面の草むらばかりで階段は見当たらず、赤い手すりの一部が草の合間からようやく覗くだけだった。

「もうなんでよ、あいつがわざわざ丘の上を目指すなんてこと……はあ、何だか心配してばかりでお腹空いてきちゃった」

外への興味はなくなって、自分のことを考える。

（ザザサ……ザザササササ……）

頭上で枝葉のそよぐ涼しげな音がする。少し風が出てきた。

帽子は脇の座面に置いて、膝にサンドイッチの包みを広げている。一切れ手にとり、反対の手で缶飲料を一口飲む。はーっと息をつく。図書館通いの受験生の憩いのひととき。

と、そのベンチの目の前を、チェックシャツの男がすっと横切る。同年代の少年、というよりは、ついさっき見かけた顔。

横目で追い、はっとした表情で正面に向き直って、脇の帽子に手を伸ばして頭にかぶる。一度外したと思った嫌な予感が想像以上に的中して、あの少年がすぐそこの駐輪場でやはり自転車を探している。もう疑いえない、彼はあのお爺さんと血のつながりがあるのだ。きっと孫なのだ。

何となく立ち上がってしまい、サンドイッチを広げた包みとジュースがあるためすぐに立ち去れず、ベンチの前であたふたする。そこに、背後で自転車の止まるブレーキの音。振り向いて、まともに鉢合わせることになってしまった。

「あ……あのお爺さんの」

「やっぱお前……なんだお前だったのか、昨日も今日も急に……」

まじまじと品定めするような視線に、少女は身をすくめる。

「ふうん、お前っていつも何か物食ってんのな……そんでこれ乗ってった『帽子のお嬢さん』っていうの、お前のことなんだろ、キミジマ・レイ」

「はあ!? ちょっ、なんで人の名前まで！」

「さあて、どうしてでしょう？ とても不思議だよね」

にやっとした表情のまま、自転車がスタートする。前輪にあった「天野龍二」、だがこちらはまるで知らない名前だ。急に自分の名前を告げられ、動顛するなかで生じる怒りの感情。

「何で人の名前を！ ねえちょっと、コラァー!!」

館内に入ってすぐ、通路でまたばったり父親と出くわす。胸にある「君島」のネームプレート。

「どうしたレイ……またそんな恐い顔して」

「ちょっといまトラブルがあって、気持ち悪いヘンタイに声かけられたとこ」

「はあっ、不審者か？　変なおじさん？」

「ううん、たぶん中学三年とかの男子」

それを聞いて父親は不思議そうに見返してくる。その父親の顔は見ずに、

「はああ、せっかく秘密の小道の先にドワーフの家を見つけて、またいつか行こうって思ってたのに。あんなのが出てきてもう幻滅。これが現実だなんて、自由作文に書いたって始まんない、やっぱ読書感想文にするしかないかなあ」

そのまま肩を落として、だるそうにまた歩き出す。最近めっきり無口になって家族を心配させていたのだが、彼女は本来ずっと活発で、ときどきこうして立てつづけに「自分の世界のこと」を話す子供だったのだ。

そこは学習席らしい。いつになく無表情なのは勉強中ということなのだろう。開いた何かの参考書と赤い半透明の小さな下敷き。他にルーズリーフやシャーペンやペンケース、図書館の本は見当たらない。一冊くらいはすでに借りているかもしれないが——。

（ビヒュウウーーーオォ……）

正面玄関を出た途端に強い風に吹かれて帽子を押さえる。まだ外は明るいが日差しはだいぶ弱まっている。夕方まで図書館で勉強して、家では好きな読書をして過ごすというのが日常のリズムであったはずだ。その間に挟まった夏の夕方。

川沿いの道。今日何度か渡った橋の、その青い橋桁がずっと背後に小さく見える。電車に乗りたくないのか、駅への道をたどろうとせず別の道から帰ることにしたようだ。また風に吹かれて帽子に手をやる。法面の雑草がなびき、川面の光が騒ぐ。

ところで空模様がおかしい。まっすぐな道の先、行く手側の空に分厚い雲が出ていて、雲の下側が黒っぽいのは雨雲の証かもしれない。雨がやってくる方向。ついさっきまで快晴だったのが急に一雨きそうな気配がしつつ、その様が何か、これから少女の身に不吉なことが起こる前兆のようにも見えてくる。

（ファイオォーーゼッ、オーゼッ、オーゼッ！　ファイオォーーゼッ、オーゼッ、オーゼッ！……）

中学生らしい白いユニフォーム姿の野球部の一団が近づいてくる。部活に打ちこむ一、二年生部員だとしたら彼らは全員年下だ。下を向いて少し道の脇に寄る。やがてすれちがいかけたとき、

「ワイちゅうぅーーファイッ、オーファイッ、オーファイッ！」

とのかけ声に変わり、はっとして顔を上げる。ランニングの列はもう通り過ぎたところで、振り向いて去っていく後ろ姿をしばらく見送る。

意外ともう自校のY中に近いのかもしれない。学校までたどり着けば、あとは通学路を通って団地まで帰るだけだ。こんなものはとくに冒険でも何でもない。市内を歩いている。

§

雨が降っている団地の夜。

（……パラリ、スッ……パラリ）

自室の机のスタンドを点け、部屋着姿の少女が本を開いている。頬杖をついて、読んでいるというよりはパラパラと頁をめくるのに忙しい。頁をめくり、またくり、多くの図版資料に目を通していく。昼に図書館でも目を通していた本。雨夜に部屋で一人覗き見る、神秘で怪しい世界。

線描画なのか版画なのか、とにかくやたらと「それらしい」図版が載せられている印象だ。魔女に悪魔に妖術師。あるいは魔方陣にダビデの星。おまけに占星術のホロスコープ、タロットカード、ダウジング……ｅｔｃ。めくったところで手を止めて、その部分を拾い読みする。それなりに真剣な様子である。

姉が部屋に入ってくる気配に一瞬注意が逸れる。すぐに二段ベッドの向こう側から、

「ねえレイ、明日の制服用意してあるんでしょうね」

「ん……んんー、明日はいいの」

「いいのって、だって学年登校日なんでしょ、まさか休むつもり？」

手元の本から顔を上げる。

「じゃなあくて、制服めんどうだから、ジャージとハーフパンツで行くつもり」

「あんたそれって、運動部でもないのにまあ呆れた」

「別にいいでしょ、運動部以外がそうしたって。みんな余裕でやってるんだよ？　それに明日なんてホームルームくらいしかないんだし、授業だって別にそれで平気なんだから」

姉も向こうの机で何か本でも開く様子だ。

「ホームルームって学活のこと？　それでジャージ？　へえ、いまのY中がそんな校風だったなんてね、もう自由を履きちがえちゃって」

年が離れているからなのか、姉の言葉がいちいち説教じみて聞こえ、それに反発するのが毎度のパターンのようだった。

「自由なら自由で、それでいいじゃないのさ」

「あらま、口の減らないこと」

そこでまた何か口答えするか無視するか。何でもうるさく言われるのは我慢ならないが、まったく口を利かないような関係だとしたらそれもきっと辛い。そして「自由だからいい」と、本当にそう言い切ってしまえるものなのかどうか。

窓の外のやまない雨。とくに何も見えない窓から、上空をちらりと見上げるようにする少女の仕草。

朝、団地一階の階段前で傘を広げる少女。連続して雨となった朝、水色のジャージの上とハーフパンツ、肩にサブバッグをかけて、スニーカーの足で一度立ち止まる。あとから母親が同じように階段前で傘を広げる。ややタイトなツーピースを着用し、ふらりとした感じで歩き出す。

傘を並べて行きながら、二人ともどこか茫然と団地内道路へと向かう。

「今日も学校かあー」

と、いかにも子供が親にいいそうな台詞を母親が吐く。

「あなたは勉強するのが仕事でしょ」

「はあい、がんばりまあーす」

役割を転倒させたやりとり。駅と中学校と、それぞれ別の方向に別れていく。

小道の先の階段の上で、制服姿の原口由津子が傘を上げて合図してくる。半袖ブラウスの夏服セーラー。「おーい」「ほおーい」、こちらも傘を上げて応答する。

「……それってホントに気持ち悪いなあ。私だったら『コラァー』って、そのあと確実に走って追いかけてったね」

並んで歩く由津子が傘の下でそんなふうに言って「気持ち悪さ」への共感を示す。

「あはは……やっぱ気持ち悪いでしょ？　もうホント災難だった。せっかくそこ素敵なお店だったのに。結局それで、今日作文出せなくなったってわけなの」

話を締めくくるように言うと、前を歩く髪の短い制服の男子に気づいて声をかける。

「おい杉田っ……打ち打ちすぎーた！　ボーン、ひっさしぶりー」

一瞬驚いた様子で、日焼けした顔がこちらを振り向いて、

「何だよキミジマ、傘ぶつけてくんなって。は、何お前ジャージなの？」

「え、るさいなあ。運動部じゃないからって、ジャージ登校くらいしますよー？」

「言っとっけどな、野球部じゃそれ禁止されてんだぞ。サッカー部とかバスケ部の真似すんなって監督命令出てさ」

「ふうーん。でももう三年生は引退したんでしょ？」

「はあ？　まだ地区大会終わってないって、おれたち昨日も勝ったんだかんな。次が準決」

不意を突かれたように「へ？」と間の抜けたような返事をして、

「そっか……勝ってんのか。へえ知らなかった、初めて尊敬してるかも」

「初めてかよ……まあ負けたらすぐ引退だけどな。そうじゃなかったら俺もキミジマみたいにお気楽でいられんだけどなあ」

「誰がお気楽！」

列ごとに前から一人一部ずつ用紙がまわされてくる。受け取ってすぐ後ろへ。いつもながらの教室内の風景。まるでテストの解答用紙のように空欄の多いそのプリント。

どうも担任の男性教諭が何かクラス全体を鼓舞する発言でもしたのか、生徒たちがじっと押し黙って正面を見つめている。

「……それくらい大事なものだ。自分たちのことだってちゃんと真剣に考えて、いちいち先生があぁしろこうしろでもないからな。もう気楽お気楽じゃぁいかんぞー」

と、斜め前の杉田が下を向き、ちらっとこちらに顔を向けてくる。零がムッとした顔を作って「ナニヨ」と口を動かす。

「あと提出期限は厳守……それだけは言っとくぞ。とにかくこのクラスは提出物の期限を守らないと、各教科の先生方から文句を頂戴してるくらいだ。今日だって夏の課題がろくに出てきとらんじゃないか……じゃあとにかく夏休みが明けたら三者面談で使うからな、第三志望までちゃんと考えて書いておくこと、いいな」

担任のいない教室では、先ほどとは打って変わってだいぶ動きがある。椅子に座っていても横を向いたり後ろを向いたり、当然空いた席も多い。不安な気持ちから席を立って出歩いているとはかぎらないし、反対に安心しているから席についたままでいるともいえないが、由津子が零のところに来て話している。

「でキミはさ、志望校どうすんの……？　『本人と保護者の方でよく話し合って書いて下さい』だってさ」

「こんなの不意打ち。さすがに二学期に入ったら考えなきゃとは思ってたけど、急に『進路希望アンケート』だなんて。うちの親ってなんにも言わないんだもん。ねえ模試とかって、そろそろ受けとかなきゃいけないものなの？」

そんな訴えのようなものを聞いて、「んんー」と一考した由津子が、

「だったらお姉さんに相談してみたらいいんじゃないの。ここの卒業生で、いま女子大生のナギサさん？」

「あ……いや、それはあんまり」

目を線のように細め、辛がった表情をする。

と、窓側から男子の声が上がる。

「うお、雨上がってるぞ、やっべー今日これ部活あんのかな、くっそー今日まじでサイアクなウェザー……」

窓の外が少し明るくなっている。

「そういえばユッコ、部活のあれどうするんだっけ？　あっじゃあさ、あとでひさしぶりに本間先生んとこ寄ってかない？」

もうホームルームは終わったらしく、荷物を持って制服とジャージの二人で廊下を進んでいく。

（――「職員室」）

ドアの前でのしきたりとして、零がそれを二度ノックして、「失礼しまーす」と取っ手に手

をかける。

「あれ、机にいない」

「今日ポンちゃんいないのかな?」

職員室は机の上に物が多くあるせいか普通教室より見通しが利かない。それに部屋の広さ自体が教室の一・五倍から二倍くらいありそうで、出入口から横手の方向にだいぶ奥行きがある。担任の男性教諭は机にいるが、本間先生はどうやらいないらしい。

「いないみたい……え、あっ」

廊下側の奥の壁付近、そこに半袖ワイシャツの制服姿で立つ、前髪が少し長めで眉にかかった横顔の男子生徒、それが紛れもなく「あいつ」なのだ。これでついに三日連続ということになってしまう。

前にいた零が仰け反るように身を引いて、無言でそのまま足早に職員室を出ようとする。由津子が驚いて後を追いかける。

出入口のすぐ外で、驚いて立ち止まる女性教諭の胸元を掠めるように零がさっと横切って、それより身長が高い由津子が一礼をしてから後につづく。

「……んもう、ちょっと何なのよ。急に驚くじゃないの」

渡り廊下に出たところで、その抗議の声に零が向き直る。

「いたのよ、いたの。もしかしたら他校生かもって思ったけど、あいつうちの生徒なのよ！」

「じゃああのさっきいた奴がそう？　あれが？　うーん、たしかに見たことない顔だったなあ。そういえばちょっと気障っぽくて、なあんか趣味でバイオリンとか弾いてそうな感じ（ま、そんな中学生ありえないケド）。今日いるってことは三年？　でも別クラスだとしても、まったく知らない顔なんてね……まさか転校生だったりして」

「転校生……？」

「そう、なのになぜかキミのことを『知っている』」

言われた本人は目を細めて萎れたように首を振り、また歩き出す。

昇降口の下駄箱までそのまま歩いてきて、今度は零が遅れている。

「大丈夫だって、どうせそんな嫌な奴なんだから。だって負けてるの嫌じゃない」

原口由津子の潑剌とした声。はっきりとした性格で、きっと友達思いである。一方の零は黙って靴を取り出そうとする。説得の言葉に反応せずにいる。

「今日を逃したらもう二学期まで謎のままかもしれないんだよ？　さり気なくそこに顔出してさ、こっそり向こうの事情を摑んでやる。ほら雨も上がったことだし、行ってみようよ！」

「だあって、そこまでして確かめる必要なんてある？　ここから歩くとけっこう遠いいし。それより午後からどこか、プールに行く気分でもないけど、ほらビューワーランドの話だってそのままだし……えぇー？　やっぱり気が進まないなあ」

二人の後ろのほうで「じゃあな」「おうっ、じゃあな」と男子の声。にこやかな顔で杉田が下駄箱に近づいてくる。

「ねえねえ聞いてよ、今日全体練習なし。しかも三年レギュラーメンバーだけグラウンド整備せずに帰れだって」

「あんたはいいねえ……そんなことで喜べて」

目を閉じながら雫が言う。そこで言い返そうとする杉田に、今度は由津子が声をかける。

「そうだ、ねえ杉田君。もしこれから時間あったらさ、ちょっと私たちと一緒に来てくれない？」

外。不思議そうな表情の杉田は、二人と一緒にそこを歩きながら、

「いやぜんぜん……まったく心当たりない」

さもあっさりした口調で言う。三人並んで川沿いの道を歩いている。

「ほら言ったでしょ、何も役に立たない」

「知らないから知らないって、そう言ってるだけじゃんか」

由津子だけ一人笑顔で、

「まあまあ、知らないからこそいいんじゃない。これからその謎を三人で解くの」

謎を解くという行為、それがいかにも楽しげである。

「んもう他人のことだからって、そんな勝手な話にしてるぅ。ユッコお得意の『物語』じゃないんだからね」

「はいはい、その『物語』とやらは、もうとっくに封印中です。受験が終わるまでの辛抱だと思えばね。やりたいことはまだいろいろあるけど、全部高校にきちんと受かってから」

ここでもまだ杉田は不思議そうな表情をし、零はといえばどこか少しふて腐れ気味なのだ。さほど幅のない川の流れを左手に見て、何か話しつつ先に進んでいく。空は曇り気味だがだいぶ明るくなってきた。前方に小さく見える青い橋桁の道路橋を指差す零の、屈託のない仕草と表情。その橋の上で三人並んで緑の丘の斜面を見上げる。

住宅街の道幅が狭い。不案内で道に迷っている、あるいは迷い猫でも探すように、三人がきょろきょろしながら歩いている。T字路の突き当たりに横からぬっと杉田が現れ、来たほうに振り返って何か言いつつこちらを指差す。T字路の曲がり角の先に、赤い手すりがついたコンクリートの階段がある。

階段のすぐ下から、草っ原の斜面を見上げる三人。

「うわあすごい。これってホント、失われた天空都市への入口っぽい！」

「それって『失われた地底王国』？……ビューワーランドじゃないんだから。いや失われたって、上はけっこうな高級住宅街なんですが」

「へええ、いっちょ上ってみんべ」

一段飛ばししたり駆け上ったりはせずに、杉田を先頭に一列になって進む。階段はつづら折りに何度も折れ、脇にはパイプのように細い手すりが延びている。斜面上方に図書館の建物らしきコンクリート部分が見える。上までくると、誰からともなく歓声が漏れる。何はともあれこの景色——。

「わあ……」

雲の切れ間にところどころ青空が見える。塊状の雲が右から左へゆっくりと流れていく。遠くの雲が段々と低くなっていくように見え、晴れた地平線に向かって奥行きを感じさせる空である。雨上がりの空の格別美しいとき。

丘側に切りこんでいく高い塀に挟まれた小道の坂は、今日はいっそう暗く、やはりだいぶぬかるんでいる様子だ。横手の奥には図書館の勝手口たる鉄ドアがあり、どうにも秘密の場所めいている。三人の足がどこか不安げに土の斜面を踏んで進む。スニーカーの少年少女。一人だけ学校指定用品らしき黒いローファー。

するとと三人とも住宅街にいる。

「かはあ、やっと出れたな。何ここが目的地?」

「もう靴がこんなに泥だらけ、楽しい!」

二人の後ろで零が「一番落ち着いている」現地案内人のように振る舞って、

「はい、ここからはね、『丘の上の閑静な住宅街』がつづきまあす」

しかしこの住宅街の「閑静さ」はもはや問題ではない。二人に見せたいものがその先にある。

「ええ素敵素敵っ！」

両手を胸の前で合わせて由津子が騒ぐ。杉田は口を開けて木を見上げている。それらを微笑ましげに見守っていた零がふと視線を他に転じると、ロータリーの歩道に塀や柵を設けず接する明るい店、だいだい色の壁と緑の屋根を持つ家がある。

「あれっ、ない！　ねえちょっと、看板が出てないんだけど、あっ」

（――「CLOSED」）

窓には木製の鎧戸が閉じている。戸口の扉は喫茶店にでも似合いそうなガラス入りのものだが、内側に「CLOSED」の札と薄いレースカーテンが掛かり、手前側に置かれた作品が何となく見えるかという程度だ。

「ステンドグラスのランプとか小物とかがいっぱいあって、他にもまだまだたっくさん」

そう説明しなければ何の店かもわからないくらいだった。

そのあと少女同士でこんな会話――。

「で、そこにお店のマスコットみたいな木彫りの仏像があって……」

「ええっ仏像？　やだあ、もっと西洋的なのでなくちゃ、やっぱりこの建物の雰囲気からしたらさあ。うーんなんだろ、それは売り物ではなくて、店のマスターの大切な思い出の人形なのね。その昔、若い頃ロンドンかドイツの町に修業しに行ったときに、ほら戦争になってさ、裁縫師とかお針子の娘への想いを残したまま帰国を余儀なくされて……手作りの人形が形見になってしまったわけね」

「マスターって、だから喫茶店じゃないったら。ん……でもまあ、もしここが喫茶店だったら、店中に作品を展示してもいいしね？　それにおいしい手作りのケーキなんか出したりして」

なるほどそんな店が丘の上にあったらいい。これで憧れの「ケーキ屋さん」の夢が叶うな（って、そういう問題じゃないでしょっ……！）。

これで「おしまい」。三人は行きとは別の道を歩き、あのとき自転車で下ったつづら坂に出る。

坂周辺の木々ではもう蟬時雨がわき起こっている。日差しも出てきてこれから暑くなりそうだった。坂を歩く途中、歩道の脇に短い下りの階段があり、その先に鳥居の一部が見えている。境内入口に、狛犬ではなく狐の像が一対になって置かれているのを見る。

「稲荷神社だね……裏手から入っちゃったのかな。ほらあっちにお宮がある」

由津子が案内するようにそちらへ向かう。境内にも木々が多く、地面に涼しげな木漏れ日模様を作っている。

「どうせここまで来たんなら、お店の中もユッコたちに見せたかったなあ。物作りのお爺さんにも紹介したかったし」

　零がお宮の端の石組みに腰かけて話す。

「そうね……残念だったけど、でも知らないのも逆に想像力が刺激されるし、期待も膨らむってものでさ」

　謎の解明もその先送りも。お互いこだわりのない表情でそんなやりとり。

「ふふん、またその『知らないほうがいい』理論？」

　杉田が二人のところに来る。

「あんた、どんなことお祈りしてたの、あ野球？」

「えっ、おおう。まあな……『きっと打てますように』『エラーしませんように』『試合に勝てますように』って」

　零が一人だけそこに座ったまま両側に手をついて少し前傾姿勢の体を支える。地面に着いていないつま先を上げたり下げたり。

「まあ杉田にとっては最後だからね。はああっ、一学期の頃が懐かしい……受験だの進路だのでたいして悩んでなかったなあ。もうこれで修学旅行の思い出さえないまま二学期だなんて。この夏だって、旅行なんかもしてないでしょう？　みんな？」

　言っても仕方のないことで、零もそう言うつもりはなかったのか、宙に浮いてしまった発言に諦めの気分がにじみ出ている。

石の狐の大きな頭部、沈黙の間。

（ミーンミンミンミンミンミィイイーーーン。ジジジジ……ジャジャ志望ァ校志望ァ校志望ァ校……）

ざわめく心。眉根を寄せ、いかにも大きな懸念が胸のうちで渦巻いているかのような彼女の表情。

杉田がふとそこで、なぜか急に真面目な顔になって話し出す。

「俺さ……将来は何となく、あそこの近隣センター内にある自分とこの店をやるんだろうなって、やっぱり長男だし、うちのカメラ屋を継ぐもんだろうなって思ってたんだけど、それこの前親父に話したら、『そんな夢のねえこと言うな、大学行け』なんて怒られて……」

誰に話すというのでもなく、視線をどこか境内の地面に向けて、あたかも秘密の告白でもするかのようだった。彼も零と同じように眉根を寄せている。今日ここに来ていなければクラスメート相手に告白することはなかったのかもしれない。

石組みに両手をついて座る姿勢は変わらないが、足はぴたりと動きをとめている。

「そんなことまで考えてたのか……ユッコもちゃんと目標があるし、えらいんだなあ、みんな。それに比べて私なんて夢も何も」

「キミジマが……？　お前って本とか結構読んでるし、成績もよかったろ？　行動力だってあると思うし。ほら小六のとき、俺と一緒に理科係やっててさ、将来天文学者か科学者になりたいって夢あっただろ」

少年が発言を咎めるように、急に気負い立ってそう主張する。

「えっなに急に小学校なんて昔のこと……夢っていうか、夢は夢だったけど、何が夢かって、そんなの本当の夢だって言えるかどうかもわかんないし。

ああもうっ、こんなときにつまらないこと言い出さないで。杉田なんかに関係ないのに、どうしてそんなこと言うのか信じらんない！　ならじゃあ、そういうあんたの将来の夢はプロ野球選手だったじゃない……いいよ、私もう帰る！」

むっとした表情で石組みから飛び降りて、本当にすたすたと歩き出す。

「はっ……なん、なんでだよ！」

もう声は届かない。まるで狐に憑かれたかのように、感情の起伏の激しさとある種の強情さを見せ、ただ黙々と道を歩く。一度も振り返ろうとせず、緑豊かな坂を一人下っていく。その前を通り過ぎるが、あんなに大事な場所だった図書館にも一瞥もくれようとしない。

ずっと浮かない暗い表情は、裏側に悲しみを隠しているのかもしれない。

「なんでこんなふうなの……私って何なの……」

きっとあのまっすぐな川沿いの道を歩きたくなくて、自然と足が賑やかな駅前に向いたようだ。街路樹のある通り。素敵なはずの通りも、いまは何の感興ももたらさない。

歩道のバス停でバスに乗りこもうとする何人かの列。車体側面のそこに、経由地として「W

スに乗る。

団地」の文字があるのを見かけ、ふと気を変えたように列の最後の老婆につづいてその路線バ

窓際の座席で外に顔を向けているが、表情に変化はない。途中で乗りこんできた小学生二人、まだ低学年くらいの男の子と女の子がそばの席で何か楽しげに笑い合っている。何を話しているのか、すぐそこで無邪気な表情を見せているのに、声はほとんど耳に入ってこない。

「私ってなんでこんな、誰のせいでもないのに気分がくるくる……素直かと思えば強情でわがままで、まるで阿修羅像みたいにいくつも顔があって……いいえ、こんな臆病な阿修羅なんて」

バスが発車すると、均一な五階建て住棟がいくつも側面を向けて並ぶ団地前のそこを、部活帰りのようなジャージとハーフパンツの少女がそっと歩き出す。歩道側から植栽越しに見える壁面に、住棟ごとに共通する「W」の文字とそれぞれの棟番号の二桁の数字が確認できる。どこもかしこも何て無機質なのか。

友達を置いて帰ってきてしまった。空も建物も何ら見上げることなく少女は角を曲がる。誰もいない団地内公園はどこか余所余所しく、こんな真っ昼間に帰ってきた人間を咎め立てるようだ。

「……だいまぁ」

家に静かに響く声。ダイニングキッチンと奥の部屋、洗面所。やはり家族はいない。これか

ら昼ご飯を食べようがお菓子を食べようが、本を読もうが勉強しようが、何をしようが一人だ。私がいるのがおかしいくらい。

「……自分と向き合うのが恐いだけ?」

本棚の上の天球儀。二段ベッド。自室の机を前に思い詰めた表情でただそこに座っている。脇の壁の、八月のカレンダーの隅に「正」の字が三つとその下に「一」。

§

前と同じように図書館の正面玄関を出て壁に沿って進むと、まもなく裏手の駐車場に出る。車が疎らに止まった駐車場も、殺風景なブロック塀と鉄ドアも変わりはないが、無帽なのと制服姿であることだけがあの日とちがう。

鉄のドア。

「たまやたまや……開けドアっと」

ノブを回すとすんなりドアが開き、そこを入ってすぐにまたドアを閉じる。

表の世界はろくに日陰もなかったが、こちらは塀に遮られて空気がひっそりしている。アスファルト舗装から土の地面に。秘密の場所はここから始まる。

「大丈夫。すべての本が『バーコード化』される日が来るまでは、この方法で秘密は保たれるのだ」

何かの台詞のように少女がつぶやく。

「それはつまり――」

宙に浮いた本の見返しがひとりでにパッと開くと、そこからさらにブックカードが素早く飛び出し、記載面がはっきり読み取れるほどの距離まで近づいて、またさっと飛び退くような動きとともに元通りポケットに差し挟まり、次いで本が閉じる。と、閉じた本がくるりと反転し真っ直ぐ背表紙を向けて立ち――『ツァラトゥストラはかく語れり』とある――、放物線を描くように音もなく動くが、どう見てもこれは誰か人が棚に本を戻す動作だ。

よく見れば人間の腕も、他の本が並ぶ書架も、うっすらと透けた形で見えている。そこにワイシャツ姿で見覚えのある腕カバーをした男性の後ろ姿がある。別の場所でまた一冊本が抜き取られる。別の腕カバーをした何者か。すぐその隣にも同じような格好の人間が本を選んでいる様子。それもこれも図書館の本であり、やはり誰かが図書館内でカードの情報をチェックしているのだ。これは果たして何を意味するのだろうか。

何かに気づく少女の顔。

「私きっと、必要な鍵となる本をいつの間にか読んでいたのね。だから督促はがきではなく『招待状』を受け取ることができて……夏の終わりのある日、私はその家に正式に招かれた？」

彼女は塀に挟まれた小道の坂をずんずん上っていく。自分自身がここで何かをしなければならない「登場人物」だと自覚し行動するかのようである。

「表札の出ていない丘の上の家。住宅街の中にあるのに、家々の裏手の塀にまわりを囲まれていて、門扉を探したってどこにも見つからない。じゃあ郵便とか宅配便なんてどうしているのかしら……見習い魔女さんとかだったら煙突から出入りできるにしても（いやダカラネ、ここはビューワーランドじゃないってのっ）」

ここは家も図書館も学校もある生活の場で、どこを見渡しても現実的で退屈で、少女が空を飛んだり猫が話したりなどしない世界。帰ろうと思えば帰れるし、ニュータウンの地図をほんのちょっとはみ出した程度なのかもしれない。とはいえどこへ向かって進めばいいか、いまも「進路を決めかねている」状態なのは変わらず——塀と塀の隙間が長々とつづき、直角に曲がるところもあったりと、なかなか先は見通せない。

こんな場面にずっと相応しく、純粋な驚きと感動を、少女はいかにも真剣に語るのである。

「本当に住宅の裏ばかり……ああこんなラビリンスが、『外国の炭鉱の町』なんかでなく、まさかこのニュータウンにあったたなんて——」

高い塀の向こう側の住人たち。背を向けあった家々。秘密を知る人間だけがたどり着ける場所——その一軒の家の前には木が一本立っている。しかしなぜそんなことまで知っているのだったか。

やがてその先に、それらしき一本の木――深緑色をした針葉樹――が立つのを認める。塀の隙間からそこへ出ると、周囲の壁が両側に開け、サークル状に木を囲む広場を作っているらしい。木の根元にベンチが一台あり自然とそちらへ足が向く。座面にぽつんと本が一冊置いてあるのが目に留まる。

「表紙に見覚えがあると思ったらよく知っている本だ。こんなところで同じ本を読んでいる人が……？」

周囲に目を向けるが、人の気配がしないうえ壁がぐるりと一周しているばかりで、そこに肝心の家がない。

少女は足もとの妙な模様に注意を奪われる。石畳に何かの文字か記号が刻まれている。

「これってもしかして結界とか魔方陣……」

その木の広場が見た通り終点だった。ひっそりとした奇妙な場所にはちがいないが、木のまわりだけ何らかの事情で開発をまぬがれたのだろうか。答えは見つからない。

そこでふと木が地面に作る影の形が変だと気づく。手を伸ばせば届きそうな高さに白い靴下の足がある。首吊り死体と、それを見上げる少女の、横から見た切り絵のようなシルエット――その眉にかかる程度の長めの前髪がすべてを物語る。「知り合い」の少年は、すでに自殺をしてしまったあとだった。

団地の夜。四階端のベランダに窓から明かりが漏れている。

パジャマ姿の少女が、ダイニングテーブルでノートワープロを開いて作業している母親のところに来て、その対面に座る。

「レイあんた、熱は下がったの？　明日もう一日くらい寝てなさいね」

「たぶんもう大丈夫。そろそろ学校の宿題も終わらせないといけないから、明日は起きるよ」

どこかしんみりとした話しぶりだ。母親は娘の顔色を確かめるように見つめると、

「ねえここんとこ、あんまり外に出てなかったって？　風邪引く前のことだけど、お父さんが最近図書館で見かけないぞってさ」

それには答えずに、テーブルに何やらとても分厚くて、とても黄色い、タウンページのような本をどさりと置く。

（――『首都圏　高校受験案内』）

「ねえ、将来何をやりたいかも決まってなくて、このままだと高校に行く意味がわかんないの……私やっぱり普通の高校に行かないとだめ？」

母親はこめかみに手を当ててしばし黙りこむ。それからおもむろに話し出す。

「あのね……自分が将来やりたいこと？　夢とか仕事とか、その『やりたいこと』っていうのがすぐに見つかる人なんて、そうはいないと思うのよ。まして十五歳で人生決めるもんでも

ないんだからさ。うーん、趣味とか好きなことして暮らしていけるほど世の中甘くはないし……」

「そんなのわかってるよ」

「……お父さんは考古学者、お母さんは文学研究者。学生時代の夢がね。これって話したことなかったっけ？　どっちもどっちよね。まあこれで意外と釣り合いがとれてるのかもしれないけど、なかなかうまくはいかないもんで」

手でこめかみを押さえて「頭が痛い」のかと思えば、急に肘を突いて両手の指先を組みあわせた上に顎を載せた格好で、過去のロマンスでも語り出しそうな雰囲気なのである。娘は怪訝そうな表情だが、少し興味をもったように、

「子供の頃からの……小学生の時からの夢だった？」

「えっ、いやぜんぜん、私は高校生の頃にちょっと……。ただ本は好きだったのね二人とも。お父さんはいま郷土史専門だけど、最初はシュリーマンの『古代への情熱』との出会いだったって。たしか新潮文庫でまだ出てるでしょ」

それもこれも初耳であり、やはり「本」ということに突き当たる。そこに答えはあるのだろうか、うっかり受験の話をしそびれている。

「ねえレイ、お母さんもお父さんも心配はしてるのよ。あんまり自由放任だって思うかもしれないけど、でも自分に責任を負えるのは結局自分だけなんだからね。

私ね、高校時代の恩師にいわれたの、『他人とちがう道を選ぶのはそれなりに大変だぞ、誰のせいにもできないし、自分が自分の監督となり、コンダクターとなり、同時にプロデューサーともならなければならない』ってね」

いわばその「自分という作品」のために、総指揮やら名プロデューサーやらに、また演出家にも美術監督にも制作進行にもなれと、そんなことまで言い出しかねないところであった。

「でも高校……」

いつかはそうして自分なりの道に進むときがくるかもしれないけれど、中学生の参考にするにはどうも難しそうだった。

「あたしが言いたいのはね、まだ決めようとしなくていいってこと。とりあえず高校は普通科に行ってさ、三年間自分を見つめてみたっていいんじゃない？　お母さんなんてこんな歳になってから、文学研究でできないような、何か社会奉仕がしたかったんだって気がついたのね。実際に草の根運動にも関わらせてもらっているし、だからいまとても充実しているの。やりたいことってどんどん変わっていくものかもしれない。あんなに古典の世界に恋い焦がれてた少女だったのにね。ある日突然雷に打たれたように、そういうのが見つかることもある」

微笑みを浮かべてそう話す。と、まだまだ話の先がありそうなところで急に表情を変えて、

「ああそうだ、夕方にユヅコちゃんから電話があったのよ。風邪で寝てるって言っておいたけど――」

廊下でパジャマの少女が受話器を片手に話している。

「……うんごめん。別にそんなんじゃないの……もう何ともない。それよりほんと、あの日のことも謝らなきゃって思ってて。……ううんごめん、私がどうかしてたの……うん。うん。いやそう言ってもらえると……うん。うん？　杉田の……えっ、ちょっとなに『誘う』って言ったの？　明日？　えぇっだって、いや空いてるけど……帽子にタオルに水筒？」

§

帽子の少女が二人、そこのベンチに腰かけている。白のワンピースと大きな麦わら帽が由津子。いつもの帽子にやはりスカート姿の零。幸いと薄曇りのようである。

「あっ次……杉田君の番！」

「うん……」

「ツーアウト二塁で、ここチャンスでしょ！」

市内大会の準決勝の試合はY中のグラウンドで行われていた。細長い黒板のようなスコアボードにある対戦相手名は「N中第三」。アルファベット一字で「N」とされるが、保護者ならそれがあの「旧永山地区」、ニュータウン内でも最も早く団地が建てられた地名だと気づけるかもしれない。ボード上の得点経過を横に見ていくと、先攻のY中は現在五回表まですべて

「0」、N中が「3」「1」「3」「5」となっていた。0対12（！）。

「まず一点返すぞ一点っ……！」

「まだ行けるぞー、すぎたぁー！」

「見てけ見てけー！」

空振りをしたところで声がかかる。

校庭のベンチに私服姿で座る二人は、三塁側となるその場所からグラウンドを見つめている。

（キーンコーン

カーンコーン……）

そのとき背後の校舎から間の悪い感じでチャイムが鳴りだし、試合を観ている者の心をかき乱そうとする。いまこの場面に声援を送ったり、息を殺して見守ったり、何人かの観客やチームメートたちの微細な動きは、あまりにも日常的な響きに飲みこまれてしまいそうになる。

ロの動き――。

（カーンコーン……）

長々と響く一定のリズムの騒音によって、その場が静まり返ったかのような「無音」の一瞬が訪れていた。

（キーンコーン

カーンコーン……）

飛んでいく小さな球――。

「打った打った打った！」

「よっしゃ返したー！」

ランナーが一人ホームベースを駆け抜ける。するともうチャイムも鳴り止んでいて、打った杉田は二塁ベースに滑りこんでいく。

「……えっタッチ？」

「ああっ！」

「アウトアウトー！　ナイス返球！」

グラウンドにまた声が戻ったところで打者走者はタッチアウトになっていた。

（――「1」）

そこに一点が加点されつつ、その下の欄に「×」のマークが入れられる。「五回コールド」のルールを理解していなくても、母校の野球部員たちの落胆ぶりによって、その急転直下の試合終了という展開を知ることになった。

「やっぱりこれで終わりなんだ」

「うん……終わりっぽい」

二人そこに座ったままグラウンドを眺めている。

両チームの部員たちが、甲子園の高校野球の中継と同じようにグラウンドの中央に整列して、帽子を取って礼をする。どちらがどちらだったか、杉田の表情もよくわからない。

Y中の野球部員の家族や友人らがちらほらグラウンドのほうへ出ていく。それを遠くに見ながら、二人もそろそろと立ち上がる。杉田がこちらに向かって一度手を上げ、泣くことも悔しがることもなく、部員たちのもとに歩いて行く。

二人は手を振って応え、

「ねえ……キミはさ、杉田君のこと本当のところどう思ってる?」

「え……何よ急に。どうって別に、まあいい奴だけど、気兼ねなく話せる幼なじみっていうか」

「えーそれだけ?　ふうんそっか……」

由津子は少し俯き加減に話している。

「杉田が試合に出てるの見たの、小学校以来かもだなあ」

「……うんうん、じゃあこれで仲直りよね」

「えっ、そういうこと?」

学校から出た外の通り。由津子は自転車を引いて歩いている。

「このまま塾なのかあ……時間、大丈夫だったの?」

「うんまあ、それよりもう来週で夏休みが終わっちゃうなんてね。自然観察部もこのまま引退ってことになってしまいそう」

由津子が前を見ながら言う。

「しかたないよ……これからみんな忙しくなるから」

「ねえみんなが受験終わったあとでさ、謝恩会で逆に私たちが後輩たちに何かしてあげるっていうのはどうかなあ?」

「へえ逆に? でもユッコ、それ気が早い!」

広い通りに出て自転車の由津子を見送ったあと、一瞬迷うような素振りをして、雫が一人また歩きだす。


見覚えのある川沿いの道。病み上がりらしくもなく、このまま歩いて図書館に向かおうとしているところか。

思えば以前は意気揚々と電車に乗って図書館に向かった——乗車時に「猫らしきもの」を見かけた——が、今日のカンカン帽といい黄色いプリーツスカートといい、手に持つえんじ色のカバンまで、あの日とだいたい同じような出で立ちとなっていた。

青い橋桁の上の道路を少女が歩いて行く。橋を渡った先に待つ緑の丘と坂。斜面をジグザグに上っていく例の階段は、ここからではやはり見えないようだ。

図書館内の本の詰まった書架。書架列の中ほどを横断する通路。閲覧席、階段、カウンター付近——壁沿いの棚が途切れたさらに先の奥まった場所に、何やら木製のどっしりとした足つきの整理箪笥（無数の引き出しから漢方薬でも出てきそう）のようなものがあり、そこにやっとその姿が見つかる。帽子とカバンがないということは、すでに学習席を確保してあるのだろう。彼女はいまそこで「カード目録」を調べているのだ。

「うーん何だったか……書名を知ってる本だったはず……見たんだから知らない本のはずないし、いやそもそも『夢にだけ存在する本』とかだったらそんなの逆に興味深い」

目の前にこんなに多くの引き出しがある。だがもしいま、これらすべての蔵書の書誌情報が電子化されていたとしても、検索するうえで手がかりがあやふやなら同じように行き詰まることだろう。ましてこの場合の「夢で見た本」とは、どんな有能な司書にも探し出すのは困難である。夢の中の、ベンチに置き残された一冊。

あ、そうだあの本——別の本のことを思いついたらしく、先ほどとは打って変わった調子で一つの引き出しに向かい、探す手つきに迷いがない。けっして夢のお告げではなく、所定の方法で分類番号という鍵を得て、アリアドネの糸をたどるように、その知の体系あるいは学問分類の隘路(あいろ)を突き進んでいく。

（——「360　社会」）

書架に本が並ぶ。こうして中学生くらいの少女が一般書を一生懸命探すというのは、やはり健全な学習の一環だと感じられる。知識欲でも好奇心でもただの恐いもの見たさでも、本を手にしたいという気持ちに嘘も本当もない。棚の白い仕切り板に「社会病理」とあって、そこに求める本があるようだ。

「ふうん『社会病理』か……まあそんな感じかもだよね。あいつがもし返却してればきっとここに、そうかじゃあ利用者番号も……？」

夢で見たように、そこでブックカードをあらためたならば、数桁の番号によって管理された「市内在住者および通勤通学者」のうちの一人を「特定」することができる。

棚に目を走らせる少女の表情。

「これって、夢と同じことしてるような……？　番号を知ったって意味ないのに、やっぱりちょっと趣味が悪い」

しかし幸いにというべきか、すぐその場で目的の本がないのを確認して、捜索は空振りに終わる。

やっと学習室の机で勉強し始める。正面に仕切りはあるものの、学校の教室で班を作るときのように向き合って並ぶ。大半は夏休み中の中高生だろう、書架のあいだで本を吟味したり、目録で本を探したりする姿はほとんど見られない代わり、勉強しなければならないという意味では「同類」たちがここに集まっているのだ。

学区も住区も離れて、他校の受験生もいれば子供も老人もいる図書館が、少女のお気に入りの場所なのだった。彼女がどうしても学習塾を避けるのは、そんな彼女の「自然観」のようなものに通じるところがあるかもしれない。

ここで（社会にも目を向けて）受験の話――

ところでいまや高校受験は、国私立ではなく都立高を目指す場合でも、一昔前の「学校群」はおろかその後の「グループ合同選抜」も去年廃止され、事実上学区自体がなくなっており（当市はかつて周辺六市とともに「第十学区」を形成していた）、都内全域の都立高を受験できる単独選抜に切り替わったところだった。三田でも九段でも日比谷でも、ずっと都心の高校を志望校にできないことはない。完全な競争原理を取り入れようというわけで、ニュータウンの外では「都立の復権」も声高に叫ばれているらしい。

ニュータウンの地図だけで高校受験を語るわけにはいかず、例えば都立高校はこの市内に一校しかない（NT市への移行の際、市内のナガヤマ高とミナミノ高は多摩丘NT高に統合再編された）という状況である。一方で私立大学の「多摩丘キャンパス」が多く立地していることもあり、系列校は中学高校とも、あるいは幼稚園からあって、旧八王子市や旧町田市だった一部エリアまで含めて多くの選択肢を用意していた。

閑話休題。机の上はそのままに、もう学習席に座っていない。椅子には帽子もカバンもあって、昼食休憩というわけでもなさそうである。

当人は階段を上ってきたところで、見慣れない通路へ出てくる。ガラス張りの仕切りとドアがあり、カウンターで何か事務作業をしている父親の姿が見える。入ると目が合いそっと手を上げて合図をする。

「ちょっと調べもの……」

「ふうん、レイがここに来るなんて珍しいね」

「わけあって社会調査をね」

読書案内やレファレンスの関係ではなく先に進んで書架を物色しだす。父親は何事もなかったようにまた作業を再開する。壁の時計は一時半過ぎ。

閲覧席の端の席で、何か分厚い本をめくっている。少女のほかは老年の男性二人、そこに座ってやはり資料を閲覧中。

「……（うーん）」

広げた本の様子からして市史でも調べているらしい。何か図面が載っていて、「多摩丘ＮＴ－No.57遺跡」だとかいう、およそ現実味に乏しい（しかしニュータウンらしい）異様な文字の並びが見えるが、おそらく縄文時代の竪穴式住居のことだ。

忙しく頁をめくる少女。とても熱心に何かを調べている。

「おっ、調査は終わったの？」

「うーん空振りだった」

カウンターのところで二人が話す。

「そう……昼はもう済ませた？」

「コンビニで買ったのがあるから、まあそのうちに食べるよ」

そうか、との父親の発言を最後に郷土資料室を出ていく。

いつの間にか帽子とカバンを持って住宅街を歩いている。まだまだ外は明るいが夕方といえる時間かもしれない。今日はもうこれでおしまいかと見えて、しかしそこは丘の上の住宅街なのだ。

やがてあのロータリーに出る。中心に立つ一本の木。近くで見ても夢で見た映像と同じなのはその木の佇まいだけで、地面はアスファルト舗装されているし周囲にはちゃんと住宅が建っている。黒々とした幹と枝と、葉は濃い緑色の松葉のような形状だ。

やはり少しも変化はない。目的の建物に目を向けると、もう考え事など吹き飛んだようにパッと顔が明るむ。今日は「正装」といえるこの服装だから当然店は開いている（ところでこんな論理もそこにある建物の感じも、もしかしたら夢より現実離れしているくらいなのだ）。

「こんにちは……あれ、お爺さんいます？」

室内は以前と同じでたくさんの作品が展示されている。お爺さんの代わりにテーブルの上の阿修羅像に出迎えられる。顔を正面から見据えるように腰を屈めて、

「ねえあなたって……その視線の先に、いったい何が見えているの？」

そのとき一瞬仏像の目が潤んだように見え、はっと上体を起こす。像自体にとくに変化はない。

「やあ、お嬢さんだったか……いらっしゃい」

そう、ここでは「お嬢さん」であった。上目遣いで会釈をする。

「どうしても気になりますかな……いいや、こいつは少年のような目をしているからね。体つきもこんなぐあいで、ちょうど同じくらいの年頃かもしれん（なあんて）」

「私このあいだ、自分がいくつも顔を持ってるから『まるで阿修羅像みたいだ』なんて思ったんですが、やっぱりぜんぜんちがうみたい……とてもこんな目は。悲しそうに遠くを見つめて。少なくともこの澄んだ目は、受験生ではないですね」

阿修羅像の他の二つの顔は、それぞれまた微妙に表情の異なる顔をしていた。

「うーむ、それも不思議といえば不思議な……？　ああ、うちの孫もね、いまのお嬢さんとそっくり同じようなことを言っていたから。自分自身に重ねて見るんだね」

（ゴトゴト……ガタタッ！）

何か妙な音がして二人が顔を見合わせる。

「いまの音……二階ですか？」

「いや、きっと地下の工房かもね……あっち」

未知の二階ではなく、謎の地下である。お爺さんに案内され地下への階段を下りてくる。地下工房だとは、何を見てもこの少女の目にはもの珍しく映る。

「これリュウジや……見学のお客さんだよ」

少年は以前のお爺さんと同様の前掛け姿で机に向かっていた。周囲は木の削りかすだらけで、何か制作中だった。

「ああ、もう何度も会ってる……そいつとは」

「ええっ何だね、もう二人とも知り合い?」

お爺さんの意外そうな表情に、

「私、キミジマ・レイです。……リュウジ君には、以前自転車をお借りしたときに」

「これこれリュウジ、お前は何も言わないから……そうかそうかもう知り合い」

まずはそれで紹介は済んだようで、

「何しろうちのやつは愛想がなくて……どれ、いただいた月餅があったな、まあみんなでお茶にしようかね」

またお爺さんが一人階上に上がっていく。二人になってお互い気まずそうな表情を見せたが、それよりずっと好奇心が勝っていたというように少女が先に動き出していた。

「ねえそれって、もしかして仏像作ってるの?」

「え、ああ、まあそうだけど……」

「えーすごいな、もう人の形になってる。木を彫って作ってるんだ、それ一本だけで?」

「な……ったく、あいかわらずだよな」

少年が何か言いかけても、ろくに聞いていないように、

「あっ、こっちにたくさん完成品がある！　これあなたの？　え、ああ他の人の……ここのドワーフさんたちは、石ではなくて木を彫るのね、一向にその姿を見せてはくれないけれど」

木彫りの熊、お狸さま、三猿（見猿聞か猿言わ猿）などの木像たち。

「お前なあ……よくそんな、まんま小学生みたいな発想を口にできるよなあ」

「何よ……思ったことを口にしただけなんだからいいじゃない。ねえねえ、あなたの完成作はどれなの？　あるんでしょ、教えてよぅ」

大きな溜息をつきながら、しぶしぶというように顎で示して、

「あそこ……最近彫ったのは、あの蝦蟇の木彫りとか」

棚に置かれたその像は照明のせいか妙に陰影が濃く見えた。少女は蛙がダメではないようで、近づいてよく見る。思わず「わあ」と声が出ていた。

「こんなの作れちゃうんだ。さすがお爺さんの……孫？」

「ふん……そんなの作れるやつ、日本にいくらだっているよ。ただのくだらない置物、土産品レベルだね」

「でも土産品なら、お金出して買うような物を中学生が作っちゃってるってことに――」

「俺が作りたいのはそんなんじゃなくて『ご神体』なんだよ！（……まあ厳密には『御仏』ダケド）」

その単語の迫力に気圧されたように少年を振り返る。少年は黙って机に向き直り、小刀を手

にする。彫っているのは胸像だろう。

「……お前、受験するんだろ？　高校行けよな、あんま本ばっか読んでないで」

ここで少女の表情がはっきり変わり、怪しむような、ほとんど嫌悪の色をそこに浮かべる。

「はあ？　ねえちょっと何なの、どうしてそんな……知り合ったばっかでしょ。あんたって転校生とかじゃないの？　今日こそはっきりさせてもらいますからね！」

（コト、コト、コト……）

ゆっくりと階段を下りてくる足音が聞こえる。二人は気まずいように黙ってしまう。


木工台の上に何やら紅茶セットが置かれている。カップの感じがアールヌーボー。

「するとレイさんは、このあたりの『開発史』に興味を持たれてるんですな。はてさて、私でお役に立てるかどうか」

「すみません……ただの作文なんですが、もしよろしければ、こちらの工房のことも書かせていただきたくて」

お爺さんが室内を見渡して、

「ここを？　いや……むろん取りあげていただくのは大いに結構。そりゃもう、ぜひとも書いてください」

「では、許可していただけるんですね、よかったあ！」

老人の笑顔。と、その顔になぜか少年がするどい視線を向けている。

少女はそれに気づいていないのか、何よりそこが気になっていたというように、

「ところでお店の前の木……あれって、何か謂われのある木なのでしょうか？」

「ああ、あれですか？　そうねえ、このあたりじゃちょっとしたモンで、とても親しまれていますがね。うーんどうじゃろう、一本の木という他に――」

熱心に見つめる少女を前に、老人は頭の後ろに手を当てて、

「はっはっは。毎日見ているものなのに、いざとなると何の紹介もできんとは。そうそう何年か前に、タウン誌に取りあげられたことがあってねえ」

老人が立ち上がって奥へ行く。少年はそれを機に木工台に背を向けるように座り直し、作業机でつづきに取りかかろうとする。すぐ老人が冊子を持って戻ってくる。タウン誌か、ミニコミ誌というものか。

「『住宅街のロータリーにはヒマラヤスギの木が一本。二階建て地下一階の瀟洒な洋風建築の工房がオープン』とね、こうやって写真に写すとなかなかでしょう？」

少女はしばらく本文を読んでいく。

「平成元年ってことは、六年前にできたんですね、私は小学校三年生くらい……」

と、過去について明らかとなったのはそのくらいのものであった。

「もとの建物を大改築しましてね、オープン当時はよく喫茶店とまちがえられたり。まあし

かし、そう大したことも書いてなかったかの、あまり参考にもならず……ん？」

「お爺さんのお名前キタザワ・シロウ！　そうなんですか、私てっきり天野さんだとばかり」

「あ、ああ、天野は……そう孫が天野だからね」

当人は二人に背を向けて木を削っている。引き結んだ真剣な口元、目は前髪に隠れてよく見えない。

「あとね、こちらはこのあいだ渡しそびれたポストカード。いまはだいたい月、木、金と教室を開いてます。いくつかコースがあって……」と、阿修羅像がミニチュアの前掛けを着けたり、小さな道具をいろいろ持っているポストカードが一枚。そこにも「講師・北澤史郎」と書いてある。

「孫のやつはいわば夏期講習じゃな」

一階の入口で、ポストカードではなく本物の阿修羅像を見る。外はまだ明るい。

「ちゃんと駅まで送って差し上げるんだよ？　じゃあヨウコさんによろしく」

「爺ちゃん、また教室が終わった頃に……」

戸口でお爺さんに見送られ、なぜか二人して帰ることになってしまった。

（カラカラ……）

少年は自転車を引いて歩いている。

「あそこに住んでるわけじゃないのね。でもあのお爺さん、とってもいい人ね」

「ただの変わり者だよ……初心者向けの教室ばっか開いて、あれじゃ一流の腕が泣いちまうよ」

不思議そうに少年を見返して、

「一流の腕……？」

「もとは腕のいい仏師だったんだけど、いまじゃああの通り、木もやれば鉄もガラスも、気の向くままに何でも作ったりしてる。お前が書こうとしてるあのドワーフ工房だって、昔は知る人ぞ知る仏像の店だったんだぞ。『雲峰堂』って、ほらさっきのタウン誌も取りあげようとはしないくらいの、本格派のさ」

ふうーん、とその顔を見ている。

「えっ……なんだよ」

「さっきお爺さんといるときは、あんなに無口で仕事熱心な、本物の職人さんみたいだったのにって思っただけ」

そこでまた少年は前方を向いて、あの険しいような表情をする。

「……だって俺にとっては、ここで将来が決まるっていう大事なときだから。爺ちゃんに、俺が職人の世界で通用するかどうか見極めてもらうんだ」

驚きつつも、そこに職人の姿を見たのはなかば正しかったわけだ。

「でもそれ、親が反対したりしないの？」

「ああ、母さんにはまだちゃんと言ってないんだけど……、今日も塾に行ってることになってるし……」

塾と聞いてカッとなり、もう黙ってはいられない。

「なあんだ。将来が決まるだとかご大層なこと言っといて、親に嘘ついてるレベルなわけ？ そんっなだらしのない状態……『もう進路決めててすごい』って思ったけど、荒唐無稽、大言壮語よ。いろいろ心配して損しちゃった」

道路端でふと少年が足を止める。少女は自転車の反対側で身構える。発言に反発するのかと思えば、少年の話には「もっと先」があったのだ。

「お前まだ気づいてないだろ……俺、お前と小学校三年の途中までずっと同じクラス。席が隣同士だったことだって何度もあるんだぞ。……まだ気づかないのか？ 俺、北澤龍二だよ（ほらね、やっぱり驚いただろ？）」

少女は思わず絶句している。

「中二でやっと親が離婚して、苗字が変わってまた最近こっちに戻ってきて、いまは母親と二人で暮らしてる。だから北澤方のさ、爺ちゃんとこなんかに顔を出すのもあんまりよく思われていないみたいで……『自由主義の家系』だとか何とかって、もうこれから先が思いやられるよ。学校にだって、進路の紙もまだちゃんと出せていないくらいだけど、夢はもう決めてる」

そうだ、彼は紛れもなく幼なじみのキタザワ君だった。しかし現在は母方の姓のアマノ・リュウジ――小学校三年生当時の、小学生にしては髪の長い、いたずらっ子らしいその顔が一瞬思い浮かぶ。

やや日が暮れかけて、デパートの外壁が弱まった日差しを受けている。駅前まで来たが、二人ともまだすぐ別れようとせず、ロータリー広場のところで自然と足が止まる。

「俺ずっとここが大都会だって思ってたな……多摩丘セントラル駅のほうがよっぽど整備されてるけど、子供ながらにああいうのを拒否してたのかもなあ」

と昔話のように語る。それぞれにとっての土地への思い。少女のほうもまた、話題が急に変わったのに気づいた、という表情で、

「うん。あっちはやっぱりNT新線の沿線だから、何もないところに急に通したわけでしょ？　こっちは歴史ある『城跡』だもん。リュウジ君は……セントラル駅に『ランド』ができたときもまだこっちにいたの？」

「ちょうど引っ越したのがその頃だったかな。でもクニダチ市内だから、多摩川をちょっと渡ったくらいの距離だけど……、将来医者にさせるつもりで、俺と兄貴の中学受験のためだとかって」

多摩川を渡る。ホームの端から見える鉄道橋。そう、その電車には一匹の猫が乗っていて。ちゃんと自分の四本の足で。本当なのよ。

「きっと同じ電車に乗ったの。しかも私より遠くに用事があったみたいで、そのまま乗って行っちゃった(高尾方面ならまだしも新宿方面てとこがナカナカ……)。でもどこまで行ったんだろう。

ねえ、『古里狐狸合戦』伝説って知ってる? 古い里の狐と狸で古里狐狸。ううん『吉里吉里人』じゃなくて。『旧多摩丘市史』にも載ってる地元の伝説。多摩丘陵のふるさとを追い出されるように集団で移住しちゃうの。あの野良猫も市外に引っ越しちゃったのかも」

少年はその空想話を馬鹿にしたりせず、むしろ面白がっている。

「へえ、外の世界を知ってる猫か……俺も一度はこのニュータウンを出てみて、普通の小学生だったけど、やっぱりちょっとおかしいって感じたよ。『ダブリュー小』だの『ワイ中』だの、集合団地にもアルファベットつけてみたり。第何住区のABC団地何号棟何階の何号室。生まれたのがそんな故郷って、そりゃないよ。あまりに管理が徹底されてるっていうかさ。ああでも『ランド』はさ、よく近未来だとか外国だとか魔法の国まで舞台にしてるけど、自然だったり歴史だったり、そこに何かもっと人間的なものがあるから、あれだけ人気を集めてるんじゃないのかな。現代社会に足りない何かを補おうとしてくれている、っていうか……」

彼のそうした解釈に、ふと何か「腑に落ちる」という感触がある。いつも何かしようとしている家族のこと。自然観察部の部員たちのこと。何人かのクラスメートの顔。

「作文にはさ、はじめ家族のこととか図書館のこととか、何となく日常生活の場所について書こうと思ってたんだけど、やっぱりもっと故郷について、ちゃんと調べたりしなきゃいけないみたい」

「なあ……キミジマは作文得意なんだろ。工房のことも書いてくれるみたいだけど、もしよかったら俺のこと……、いや書いてほしいんじゃなくて、見ていてほしいんだ。俺もう兄貴みたいな医学部受験なんてやめたし、もう『北澤医院の子』なんかじゃない。

爺ちゃんみたいな生き方に憧れて、あんな風になれたらっていつも思ってて。爺ちゃん何も言わないけど、もうあの店誰かに継がせるの諦めてると思う。このままだと御仏との縁(えにし)を失ってしまう」

また急にそんな話になって少女の顔つきも変わる。

「俺が跡を継げるかっていったら、すぐには絶対無理だけど、夢を叶えられるよう修業したい」

修業したい――突然その単語にぶつかって、きっと真剣に受け取りつつも、どうにも抑えがたい欲求のごとく、ついあれを思い出してしまった。

（修行するぞ、修行するぞ、修行するぞ！）

首を振って払いのけようとし、目の前の少年がまともに見つめてくるのに焦って何か口走る。

「そ、それって何か『精神世界』的な……うう—んと、仏教の、宗教心とかも関係してるのかなって。いに—、いにしえ—、しょん？　だってあんな本読んでるからちょっとどんな意味なのかって」

「えっ、何お前まさかオウム連想してる……？」

図星を突かれたという顔になる。

「そんなわけないだろ。理系エリートとか医学部卒もけっこういたらしいけどさ、あんなオウムの奴らなんて、富士山麓に理想郷を築くとか何とか言っといて、『死』のことを深く考えてないからああなるんだろ」

どこかで見たような眼差しをする。

「『死』のこと……そんなことまで？」

思わず少女がそうつぶやく。

「俺、決めた。ちゃんと正面から母さんに話してみるよ。……母さん一人残して東京を離れる可能性もあるんだ。だって十年も帰れないんじゃほとんどもう『出家』みたいなものでさ（あ、オウム？）、本場の工房の徒弟になるなんて言ったらひっくり返るかもしれないけど、でも将来の大事なことだし、このままじゃどうにもならない。なんだ、そうだよ初めからそうすればよかったんだ」

少年は何か吹っ切れたように言うのだった。

眺め下ろす駅前ロータリー広場の時計の下に二人はいる。そのときちょうど、彼らから少し離れたところに、灰色がかった一匹の野良猫が通りかかる。車も多く行き交うこんな繁華街で。もしかしたら電車に乗っていたあの猫かもしれない。

二人も気づいて動きを見守る。猫はロータリーを突っ切るように歩いていき、慣れた通い道のように青になった交差点の横断歩道を堂々と渡る。図書館への道だ。それを指差す少女が少年に何か告げる。二人はその場を動かずに通りの向こうを見つづける。

§

制服の長いスカート。上下紺のセーラー服は冬服。見たところ、どこかそれまでとちがう落ち着きが感じられる。

少女が一人身支度を調える部屋も様変わりしていて、中央にあった二段ベッドが部屋の壁際に移動してある。そちらの隅に使われていないように見える机が一つ。自分の机はもとのままの窓際にあり、壁のカレンダーも同じ位置にかけられている。どこかの町なかを二人乗り用の自転車で走る若い男女の写真。一九九六年、月の表示は三月である。

ダイニングに現れた娘の姿に、両親が気づいて同時に振り向く。

「え、あんた何でその格好……？」

そういって驚く母親に、

「受験では……大変お世話になりました。たくさんご心配をおかけしましたが、おかげさまでどうにか無事、第一志望に合格できました。改めて、どうもありがとうございます」

「ああいいえこちらこそ、ってなあによもう……あなた自身で頑張ったんじゃない。私たちは何も。それに私なんかあともう一年かかってしまったのに……追い越されちゃったな。一人でえらいわよ。こちらこそ頭が下がります」

と母娘が向き合ってそう礼をし合う。

「ううん一人じゃない。お母さんもお父さんも……いつも見守ってくれているのはわかってたよ」

父親が首を振る。

「いいや、僕は何もしてやれず……」

「あのとき、夏休みが終わってもう二学期がはじまるっていうのに、私が意固地になって『勉強よりも大事なことがある』なんて言って、調べものに夢中になってたことがあったでしょ？　もうまるで受験できるような態勢ではなくって……」

九五年度の二学期以降、あれから何があったろうか。テレビでは『新世紀エヴァンゲリオン』が放送を開始していた（彼女といちおう「下の名前が同じ」少女の存在）。娘は何か思い出しながら、感慨深げにしゃべる。

「そんなときにこの本を読むように勧められたのね……『「超」整理法　情報検索と発想の新システム』。受験の勉強法なんてどこにも書いていないのに、なぜかこれを読んで、まずしっかり勉強しようって思えたの……まるで頭の中が整理されたみたいに」

なぜかその一冊が転機をもたらしたと主張する。両親が不思議そうに顔を見交わす。テーブルに示された中公新書を父親が手に取って、

「ああこれ、僕が資料の整理で活用しようとしてたものだっけ（たしか最近この『時間編』が出たんだよね）。うん、たしかにいい本だけど、そんな効用があったなんてねえ。図書館学の発想とは根本から異なるのが面白いところでね。でも僕はすぐに断念しちゃったし、もう一度読んでみるかなあ」

「そうよあなた、館内整理ばかりじゃなく、家の中も少しは整理してくださらないと」

母親がその問題点を指摘する「資料の間」。相変わらず父親は日曜学者で、郷土研究に打ちこんでいるらしい。つづけて母親が、

「そうそう、昨日昼間にお姉ちゃんから電話があって、合格のこと言っといたわよ。あんたとも話したがってた。おめでとうって伝えといてだって」

「ナギサも向こうでの生活に少しは慣れてきただろ……多摩丘キャンパスとは今年度でおさらばして、これから都会での憧れの独り暮らしか。まあな、いつかはみな家を出るんだから」

やはりどこかで妹の受験のことを気遣ってくれていた姉の存在。いつかは姉と同じように、

自分にも団地を出る日が来るのだろうか。少なくとも「家族みんなでニュータウン暮らし」の家族史は、ここで一つの転機を迎えたのだった。

「それはそうと、あんたその格好でどこか行くつもり？　つい昨日、ユヅコちゃんと杉田君とで、学校に報告しに行ったところじゃない」

「うん、今日はちょっと、一人で市立図書館のほうに――」

今日は学校の学生カバンではなく例のえんじ色をしたクリアケース。玄関まで見送りに来た母親が、

「今日お父さんが休みなのにレイが図書館なんてね。ねえ、今晩何が食べたい？　ハンバーグとかステーキなら『ドンキーコング』、中華なら『天安門』でさ。あとは回るお寿司屋さんか……せっかくだから久しぶりに食べに行こうっていま話してたのよ。閉館時間まで図書館？」

「ううん、図書館にも桜花台にもお礼を言いに行くの。晩ご飯までには帰ります」

母親がふっと笑顔になる。娘が少しうなずく。この母娘に、かつてのようなぎくしゃくした感じはないようだった。

図書館ではなく、戸口からロータリーのヒマラヤスギが見える一軒の家。だいぶ日が傾いている。今日はもう「どわあふ」の看板が外してある。

「おお、取材の女性記者さんだね……うむ」

「ええ取材かたがた、お礼回りも兼ねまして」

ペコリ。老人は本物の暖炉の前で安楽椅子に腰かけていた。

「リュウジから聞きましたよ。みごと第一志望の都立高に合格されたとね。あれからしっかりと努力を重ねられて、おめでとう、あなたはとっても素敵です。……さあそこを閉めて、こちらへ来なさい」

室内は以前とそう変わらないが、展示品はどうも少し減ったようにも見える。少女がやや硬い表情でそばに寄り、老人は立ち上がって握手すると片目をウインクさせる。阿修羅像は正面を見ている。

「ちゃんと制服で……じゃあ下へ」

「はい……」

予めその日の行動は取り決められていたかのように二人は無言で階段を下りていく。木工台の上に妙な形でシーツのような布を被せたものがある。これから何か地下室で儀式でも始まりそうな雰囲気である。

二人だけかと思えば、奥の片隅で椅子に腰かける少年がいる。少女がこの場に訪れるのを待っていたようだ。

「うむ。それじゃあお手並み拝見といこうかの」

お爺さんが布を取り去ると、そこに一体の仏像——片手を上げて正面を向いて立つ、僧形で頭のまん丸い、きっと地蔵菩薩の像だろう——が現れる。木の地肌の真新しい飾り気のない立像で、目をうっすらと開いて口元だけで微笑を浮かべる。

けっして華美ではない。質素な衣をまとい、仏具や杖、もちろん武器なども持たない。石仏のイメージが強かったが、こうして見るともっと「人らしい」柔らかさが感じられる。

それにしても、像高は五、六十センチはありそうで、よくこれだけの物を彫り上げることができたと思う。少女は見上げるようにそれを見ている。

「………」

お爺さんはしばらく正面から眺めると、横を回って後ろ姿を見ている。上からすっと眺め下ろす。表情は硬いまま、溜息を漏らす。

「リュウジや……」

「はいっ！」

ガタリ、と音を立てて椅子から立ち上がる。

「バッチ・グーね。ふふ……んま、いちおう及第点をあげちゃおう」

少年も少女も同時に、顔を見合わせてパッと笑顔を作る。少年など、両手を握りしめてガッツポーズして、それをそのまま少女の両肩にポンと載せて喜びを表現する。

しかし少女はそれを振り払おうとするかのように、急に壁のほうを向いて肩をすくめ身をこわばらせる。感情が高ぶると泣くこともある。少年は不思議そうに目で追うが、また少し真剣な表情に戻る。ふとお爺さんが口を開いて、

「どれ……、わしはまた上で、昼寝のつづきに戻るとするかな」

昼寝というにはもはやだいぶ遅すぎる時刻、窓の外はすでに紫がかった色をしている。そう、この地下室には奥になぜか窓がある。その場の二人は身動きせず無言のまま、一階に上がったお爺さんの足音が消える。やがて少女が一度鼻をすする音をさせて振り向き口を開きかけた瞬間、目の光彩がぐっと光を増したように見える。危うく泣かずに、そこにある窓の存在に気づいて目をやり、少年もそちらを振り返る。

「窓が……」

「えっ、ああなんだ。知らなかったの?」

「だって、私ここに下りるのこれで二度目。『制作中は絶対に見るな』って、恐い顔して命令したじゃない」

もういつもの調子に戻っている。

「そんな命令なんて、言ったかあ?」

「言ったあ……ふふん。いつもね、こうして目をつぶって耳を澄ませると、木を削る音が聞こえてくるの。この工房でリュウジが制作に打ちこんでるのを知ってたから、私も図書館で勉強頑張れた」

少女は目をつぶったまま少し上を向いてそこに立っている。少年はそれを見て頭を掻く仕草をしつつ、

「……あっそうだ、ちょっと電気消すよ」

ふと二人がシルエットになる。思った以上に室内は暗い。

「こっちきて……」

「……や、なに」

二人の影が重なり――少年が後ろ手に少女の手を引いて、そこにあるドアを開ける。地下室の壁にはドアもあった。

ロータリー側からでは崖地だと気づかないが、裏から見ると木を組み上げた三階建てのログハウス風の造りの家で、足元は斜面に少し突き出した木のテラスになっている。

「わあ、すごい見晴らし。こんな、まるで空に浮かんでるみたいな……」

「よかった間に合って。あっちが真東でさ、夕焼けは当然見えないんだけど、背後からうっすら夕日が差すと景色がよく見えてね、この時間帯の空が一番好きなんだ」

ずっと遠く、地平線の彼方にあるのは、方角的に言って新宿副都心の高層ビル群だ。濃い紫色に霞んで見える。空は藍色を底に、全体でグラデーションを作っている。もしここに夜までいたらどうなるんだろう。

「第三図書館の、花壇のあたりとか、裏の駐車場から見えるのとは反対の空。私はちょうど

このくらいの時間に、ちょっと息抜きをしてよく夕日を見てた」

市内の外灯はすでにあちらこちら点灯したようで、家々の窓にも多くの明かりが灯り出す頃、目の前の景色全体が、時間が、少しずつ夜へと向かっていく。しかしこちら側の、人間に属するほうの俗なる日常の時間となると、天空におけるほど悠長な表現を持たないかもしれない。まだこうして残照があって、かろうじて二人の表情が見えているうちに、きっと次の展開があったほうがよい。

二人並んで手すりに向かいながら、少年が口を開く。

「キミに俺……告白しなきゃいけないこと、がある」

（――「とおくへ、行く」「このまちを離れて……別々のまちで」）

「キミがキミだって、俺も最初はまるで気づいてなくってさ。か……カワイらしい子だとしか思ってなくて、図書館で何度も見かけてたんだ。それでその……貸出カウンターで偶然後ろに並んでたときに、ほんの一瞬だけカードの数字が目に留まって」

「……01888の1」

少女が意外そうな顔で答えると、少年はうなずく。

「その番号、俺がその日借りようとしてた分を見たら、三冊のうち二冊も、ブックカードに同じ番号が載ってたんだ。こんなの読むのかって驚いて。去年の五月の、修学旅行が中止になったくらいの頃」

「えっそんな頃に」

「本を読むたびに番号確認して、けっこう心配してたんだからな。趣味というか興味の分野がさ……どんな内容なのか気になるし、『一人で読ませておけないぞ』なんて思って。番号がなくてもこれぞって本は先回りのつもりで読んでたくらい」

「そんな……やだ、だってこっちはそんなの知らないじゃない」

口では抗議するがそうでもない。頬に赤味がある。

「で、転校したY中にその子がいるって、それがキミジマ・レイだってわかったのが、ちょうど夏休みに入る直前だったよ。……は、はっきり意識し始めた頃」

少女は少し泣きそうな、笑いそうな顔になっている。

「夏休みになっても平然と本借りてるし、『01999の7』って似通った番号にも、俺にもぜんぜん気づいてないみたいだったから、それで学校で――」

「ええーっ？　ちょっと待ってよ。あれあなたの番号だったの、うそっ！」

「はあ？　俺の番号知ってたの!?」

少女は真顔で驚くと、少し気負いこんで告げる。

「わかってはないけど、すごい本ばかり読んでるし、もっと年上の人なのかと思ってた。もしかしたらとんでもないような、もう人類の救済とかまで考えていそうな……だって番号が番号じゃない。番号がさ、私以上に目立つでしょ。一九九九年七の月だから……あれ、は？

ちょっと何、まさかそこ気づいてなかったの？　この人信じらんない！」

その瞬間に少女が下を向き、声もなく笑い出すかと思えば静かに泣き出している。張り詰めた気持ちの糸が切れたのか、あるいは糸が結ばれて――「出会っていた」ことへの感動だったか。少年はすぐ横で手すりに身を預けた格好のままどこも見てはいないようだった。しかし二人はわずかに少し、いや勘ちがいかもしれないが、どちらからともなくそっと身を寄せたようにも見えた。

§

そうだ、まだこれで「おしまい」ではなかった。泣いたことの意味とか。暮れなずむ景色と残照の中での、あのときの二人の会話のつづき――。

「今日の『仏像試験』に合格してくれて嬉しいの。とっても嬉しかったけど、でもこれでリュウジが奈良行っちゃうんだあって、一人でどんどん進んで行ってしまうって、そう思ったら急に私……」

「あ、奈良行かない。こっちを先に言うんだったかな。俺、通信制の高校には何とか行けることになったんで。自宅からも通えるところだし、まあそういうわけで」

「はあ!?　行かないって、だってこれから憧れの世界に飛びこんで、あっちで十年は修業積むとか何とか。それでいつかここに仏像の工房をって」

「いや、木彫刻はこれから本格的に始めるんだ。しかも爺ちゃんが、『北澤史郎雲峰』がさ、やっとまた小刀を握る気になったたっていうのが一番大きい。それもこれもキミの書いた作文のおかげなんだよ。俺がいくら言ってもだめだったけど、県展コンクールの作文に心を動かされたって。『工房探訪記　心を澄ます時間』。仏像が、阿修羅像がその目で語りかけてくれたこと。自分自身と向き合ってみようと心に決めた日。受験生の十五歳のいま出会えて本当によかったった──だいぶ反響も多かったらしいよ。

ここの自由工房は維持しつつ、新たに仏像コースも設けて、俺はそこの第一期研究生(につ いさっき合格!)。初心者もどんどん募る。でもそれだけじゃない。たぶん高一から美大専門予備校にも通って、ゆくゆくは俺、東京藝術大学の彫刻科を受験するんだ」

ここでやっと一拍の間。それはきっと吉報であり、とりあえず彼が遠方へ行くことはないらしいと判明したのだ。また「受験をしない」という話ではなくて、藝大受験のために修業をするとの話になっていた。

「ちょっと、もう!　何が何だか……なあに、じゃあやっぱりあんた大学目指すの?」

「お前意味わかってんのか?　東大理Ⅲより難関だって言われてるんだぞ……それまで俺のこと待ってられんの?　現役合格なんてまず不可能、もうその先何年浪人するかもわかんないんだからな」

「そんなのズルい。待ってるだけなんて絶対イヤ。私だってある日突然『夢』を見つけて、急に大学院に進学したいって、そんなこと言い出すかもしれないんだから」

横の少年は「お前」とか「そりゃあ」とかとつぶやいている。

「んもう、はっきりしてよ。いっつも自分だけで勝手に話進めて。ジコチュー発言ばっかりじゃない」

そしてまた一拍間を開けて、

「……じゃあ私、いまはっきり言わせてもらいますけど、何から何まで身勝手なあんたのそういうとこ、だいいーっ嫌いで、だあい好きっ！」


耳を澄ませば――

（声。「家ではたまに父親に『君』とか言われて、学校の友達には『キミ』なんてあだ名を付けられて、こ、恋人にも『キミ』って呼ばれたりして、私すっごく恥ずかしいーっ！」）

（声。「あの人とはもうあんな奇跡的な出会い方しちゃったから……だから全部許してる。うん全部（いや精神的にヨ）。ユッコたちだっていつの間にか付き合い出してたしねえ、ふふん？　そういうわけで、今度のユッコと杉田とのダブルデートのときもさ、あの人また決め台詞とかジコチュー発言するかもだけど、ある程度大目に見てやってよね？」）

（自由作文、書き損じ？「心を澄ませて、魂のヴァイブレーションを感じよう。衆生の声に耳を傾けよう。あの福音にも預言にも予言にも。そしてみんなで一緒に次の千年紀(ミレニアム)を無事迎えられるように、人類の救済計画を……」)

いくら耳を澄ませても何も音はしない。どこかの部屋、そこは彼女のかつての自室だ。どれもこれも懐かしい……ほらまだ二段ベッドがしっかりと中央で姉側と妹側に部屋を仕切っている。またその中学生側に、部活関連でか趣味でか「天球儀」なるものが存在するあの部屋。

壁に掛けたカレンダーは九五年のもの。その月の絵柄である風景写真を見ると、ヒマワリの群生に入道雲と青空といういかにも夏めいた様子で、八月の頁まで進んでいた。夏休み中のとある一日――カレンダーのタイプからすれば、日の吉凶だの節気だの「戦後五十年の節目」だのにも興味はなさそうで、この日常の日々はいまのところ「破壊と破滅のイメージ＝世紀末」には遠いらしい。そこにいた中学生は何をあんなに真剣に悩んでいたのだろう。

高校受験をおよそ半年後に控えて、それとはあまり向き合いたくない。自分を見つめたくとも部屋に備えつけの鏡はなく、たとえあっても性質上そこに答えが映るわけもない。そんな問題山積みの未来より、すぐ目前に意識すべき日々の営みがあって、そのうえでやはり息苦しいくらい現在の自分が大きな位置を占める。

「私」という問題にしばしばぶつかる。中学生のとりとめのない思いとしても、違和感の表明や無理解への反発としても。そもそもなぜ、どういうわけでいま自分が「そこの中学の」三年生であるのだろうか——。学区の区割りにしてからが、境界となる道路のどち側に家があるかによってその子の入学する学校が決まる。同じ団地内でも棟によって学校が別になったり（W小からW中ではなくY中へ）。ではいったい、それの何が、どこまでが「私」にとっての問題といえるのだろうか。

プロフィールの「多摩丘NT市生まれ／出身」にしても同様である。それぞれが均質な部分の集合からなるような、住戸と住戸。住棟と住棟。団地と団地。近隣住区と近隣住区（第1住区から第36住区まで）。多摩丘NT市がかつて新たに市域を確定するとき、「旧多摩丘市」のいわば既存地域であった農業地や集落の一部を隣接自治体に割譲し、あるいはそれら稲城市・日野市・八王子市・町田市からの開発用地の提供と境界線の変更による拡張・縮減を経て、人工都市とその外部という線引きが完成したという、比較的新しい「NT新市」の市史だった。だとするとニュータウン内にたまたま生まれ落ちた人間といえるのかもしれない。そこの出身者である彼女が、故郷についての作文を書き始めようとする。

学習机の上、そこにまだほとんど何も書かれていない原稿用紙が広げてある。とある夏の数日間——一九九五年八月二十、二十一、二十二日だったか——、どうやらそのあたりに彼女の原点となるものがあったらしい。

そして、それからおよそ十年が経過した彼女の「プロフィール」のことで、中学時代のこんな執筆経験に大きな意味を見出そうとするのは、やはり安易な発想というべきなのか（一方で初めての「恋愛経験」について、それが成就したか否かについては、きっと遠い別世界のファンタジーとしておくのがいい）。

とにかく十年が経つと、理の当然として彼女は二十四、五歳の成人女性である。原点らしき原点、かつてあの十五歳の夏を経験したからこそ、そこに一つの特別なプロフィール上の出来事が生じたとは考えられないか。――市立図書館と裏手の抜け道。電車に乗るニュータウン猫の存在。丘の上の「骨董屋」に老主人と同級生の孫。作文の内容とはやや異なるし多少ともフィクションは混じるにせよ、店のマスコットとの出会いと冒険までが作品に描かれていた。

「あなたはとっても素敵です――」

最初は誰に何と報告したのだろう。本当にその十年後の二〇〇五年、彼女は自分の故郷を舞台にした青春ファンタジー小説を書き上げ、ある児童文学系の小説誌が公募する新人賞に挑んだ末、見事その年に児童文学作家としてデビューを果たすことになるのだから。

私、高校には行かない。

【※メモ「憧れの世界」と異なる設定内容、表記】

君島澪、きみしまみお

元コーラス部（現帰宅部）

ファンタジー小説好き

「バーコード化」済みの市立図書館

多摩丘市立桜台図書館

二段ベッドの上の段

（君島）岬、英文科の学生

（原口）悠紀子

杉宮

宮座勤（美術講師）

宮座賢司

サツコとメリ

ロータリーの集会所

大栗中学校

城跡桜台駅

巨多摩川

藻草団地

書名のゴシック太字表記ナシ

こんな時間に娘を一人で家から出すなんて、途中で誰か男にレイプでもされたらどうするの。いくら季節が夏だとはいえ、もう外は「とっぷりと日が暮れた」時刻。少女は本能的に暗がりを避け、外灯のある団地内公園のそばを通って行こうとする。わざと隙を見せているわけではあるまいが、ポケットのお金以外はまったくの手ぶらで、無防備そうに見えるひらひらした短めのスカートで出てきてしまった。白い靴下。

お母さんはいったい何を考えているんだろう、と少女は思う。中三の夏休みのいま、受験生にとってとても大事な時期だというのに、どれだけくだらない用事を頼むんだ！

「あんたの好きで好きで好きでたまらない、あの白いしろーい液体がたっぷり詰まった『牛乳一本買ってきてよ』」

一杯の水はグラス、一杯のコーヒー紅茶はカップだとすると、一本の牛乳は「a pack of」との表現を用いるのかしらん――と、ほんの少し耳を澄ませばすぐに聞こえてくるいつもの声。つまりこれらは彼女の妄想内容の一部なのである。同様に以下――だって牛乳一本の容器を満たすのがすでに牛乳という液体で個数ではないのだから、せめて「1パックの」というのが正しいのじゃないの。ほらあの数えられない名詞（不可算名詞だっけ？）なんてものの数え方。ましてうちの赤ペン先生はいつもすぐ他人の言葉を直してくるくせに。

持ち物はポケットのお金だけであっても、こうして頭の中にはたくさんいろいろ詰めこまれていて、赤ペン先生すなわち元編集者で現在「在宅で校正の仕事をしている」という母親のことで直接文句があるようなのだが、とにかく妄言はなおもつづき——「あんたの牛乳」とか言われるのも気持ち悪くて嫌だし、いつでもこんな子供扱い。大人の味はちょっとまだ分からないけど、びんビールに大びん・中びん・小びんの種類があること——「茶色の小びんは不思議な小びんさ」だったっけ？——、お銚子一本と数えることだって知ってるんだから。

「……うちで牛乳飲むのあんたしかいないでしょ。だから自分のことは自分でやりなさいって、いつもお母さん言ってるんじゃないの」

ほんの数分前のプレイバックシーン。彼女はつい先ほど、出がけに母親からそう告げられたのであった。

「じゃあお母さん、お酒は買わなくってもいいのね？」

「え、当たり前じゃない。夜に子供がお酒なんて……んもうまた変なこと言って。私がそんなもの買いに行かせるわけないでしょ」

「ちがうの、いまのじょーだぁーん」

明日の朝の牛乳の心配だとか、まるで普通のことしか言わないくらいなら、いっそ本当にお酒でも頼んでくれたほうがよかったんだ。「それならいっそ本当の娘じゃないって」「いっそのこと橋の下で拾ってきたんだって」「本当は誰々男爵のご落胤（?）とかなんだって」――ぼんやりとした自身によるナレーションの声。このとき彼女の胸に兆した思い、頭に浮かんだ妄想の切れ端が、家族の前で明かされることはついになかったようだが。

母親とうまく会話できたかどうかあやふやなまま牛乳を買いに出たものの、今度は無理にも「病気のお母さんのために牛乳を買いに出た」と思おうとすると、何となくそれがお話じみていて少しは気が晴れる。本を読んでいるとたまに出てくるような場面だから許せるとは、いかにも物語を心の支えに生きている彼女らしく、本好きの人間の不思議な心理というべきものだ。

少女は団地内公園のそばを通りかかり、そこにたむろする知り合いの男子に、いまその三人組の存在に気づいたように軽く手を上げ、こだわりのない仕方で合図を送って――それでも「あ、〇〇君たちがいるぅ」という具合に、集団のうちの一人にだけ気を持たせるような対応もできなくはないけれど――足早に団地外へと歩を進める。

学校では「クラスの活発な女子」かもしれないが、ただあどけないだけの女の子であっていいわけがない。心の包皮を一皮剝けば、様々な悩みやコンプレックスを抱えた一少女だった。それに女子の本分としては、そこらの男子みたいにただウケを狙ってふざけてばかりもいられないし、かといって（彼女の場合とくに）女らしい淑やかさとも色気とも外面上ほぼ無縁という年頃なのだ。

「でもこんな私だって、いまに女子高生になったらスカート丈を膝上まで短くしたりして、さしずめ流行りのルーズソックスとかも履くようになるんだろうから……」

彼女はまったく彼女であり、現実には妄想をそのまま垂れ流すような真似はしない。だが親との関係や学校での日常、来年の自分がどうなっているか、人並みに悩むことは悩むのだ。そして舞台は現代、この主人公は嘆かわしくも受験生の身で、そんな自由のままならない境遇ならば現実に縛られてもしかたがないが、最終的には持ち前の空想癖なども手伝って、彼女はありふれた受験生の日常から「しばしお出かけ」することもあった。はみ出すこと、逸脱すること。それが物語の力だった。

§

一生徒として——
いまほんの数秒の間、男子に向かって手を上げてそこを歩み去る少女の姿に、日常が「学校化」しかかるような瞬間があった。学校での日常的な一コマを垣間見る思いがした。あっけらかんとした性格と見られ、クラスの男子からも「キミシマ、キミシマ」と気安く呼ばれたりする。そう、名前は君島澪（きみしまみお）（漢字の読みは純和風で音読みや濁点も混じらない）、たしかに彼女はあんな感じの生徒だった。

家で過ごす日がこれだけつづくと、どこか中学生である自分を忘れてしまいそうになる。地元という狭い世間と教室の席と時間割。制服も通学鞄も指定靴も長らく自宅に眠ったまま。季節が巡って夏休みを迎えるたび、それまで自分の属していたものとの関係が急に途絶えて、中二の夏もそうだったが耳の奥のほうがしんみりとする（学校内は雑音が多すぎて普段は暑苦しいくらいでも、離れてみればどこかちょっと寂しかったり）。

素顔は――

今年中学三年生の君島澪。普段からしっかりしていそうなこのヒロインが、家では相当なぐうたら娘であったとはなかなか想像しがたい。性格としたら熱しやすく冷めやすいタイプなのか、いつでも何かに憧れていて、興味の対象が次々と移っていく。いまはこれに夢中でも明日のことはわからない。コーラス部の部活さえいつの間にか練習から足が遠のき、「ずぼら」が原因ではないが気づいたときには帰宅部になっていた（「歌は捨てた」ものの部員たちとの交流はいまもあるらしい）。

外見からはきっと少女といわざるをえない。どこを見ても成熟さからはほど遠い。背丈や顔立ち。同年代と比べても体の発達は早いほうではなく、まだ熟さない固く青いままの実の清さに、小鳥や栗鼠（りす）を思わせる俊敏さを併せ持つ――だがそれを簡単に「ボーイッシュ」と表現しては台無しになるような何か（さらにしかつめらしく「処女性」云々と定義することにも反対だ）。好奇心や意欲に溢れた澄んだ瞳の輝き。愛嬌を仄めかす少しだけ上を向いた鼻の頭。野生動物のようにほんのわずかな物音まで聞きつける耳聡さにしても、きっと感受性の豊かさを物語っている。

耳の官能性——

そこで下劣なものにはなるべく目を背けようとするのだが、そんなつもりはなくとも感覚器官のそこだけは初心なままでいられない宿命かのように、外部の有害情報に絶えず晒され、いわばただただ自然と耳年増にされてしまう。精神年齢では劣る男子中学生が思いつきそうなくらいの（エロい？）ことは、おおよそ女子中学生も考えていた。目や口は閉じていられても耳だけはどうにもしようがない（結論）。

普通の公立の、多摩丘市立大栗中学校——誰も口にしないが通称「ビックリ中」——の生徒。その三年×組の教室の、自分の席のまわりの環境に思いを馳せる。学校だとどこに誰の耳があるか知れたものではなく、気を許して鼻を鳴らしたり吹き出したり、アハンともウフンとも発してはならず、性には興味がなさそうに振る舞っておくしかない。「そういう人間」だと思われたくないし、同性からも軽蔑されたくない。

「本当の自分」はどこに——

かつて心と体が一致していた頃を懐かしむほどに、いまや自分が自分に対して正直でなくなったとの不信があって、自分のことを「彼女は」「あの少女は」などと呼んで突き放してみたりもする。なんならこんな現実世界じゃなくて好きなファンタジー小説の世界に出かけたい。いまも団地から駅へ向かう途中のすぐそのあたりで、原付バイクが脇を通り過ぎていく音を耳にしたり、色遣いがくっきりしたラーメン屋の看板を目にするだけでも、本の世界で親しんでいるパステル調や淡い水彩の風景はたちまち壊れ、すぐ現実に引き戻されてしまう。そういえば彼女は十五歳の受験生だった、と。

駅そばの学習塾らしき建物を前にして、少女はとくに気にも留めない様子でそこを通り過ぎたが、コンビニ同様に前面ガラスを通して漏れてくる蛍光灯の光に照らされるその姿は、どこか世間から責め立てられているようにも映るのだ。しかしこんな光ほど人を不健康そうに見せるものはないだろう。疑問も不安も抱えながら、まずそんな場所に近づくような彼女ではない。

受験戦争に学歴社会。彼女は他でもなく九〇年代も半ばに差しかかった現代日本の女子中学生という、舞台としても人物としても同時代の、もっとも卑近な存在といえるキャラクターなのだ。そしていつかの時代、ここではないどこか別の場所で、境遇は様々に異なりながらも同じように強く生きる同族の系譜が確実に存在した。空想は空想であって、出会うことはおろか互いに知ることも意思の疎通もできないものの、それぞれどこかしら似通った横顔を持つ少女らの記憶。

自覚すること――

とにかく身も軽くやたらと駆けまわる印象がある。それに少女たちはしばしば空を飛ぶために、毛髪などはずっと短くて体の凹凸も小さくまるで体重を感じさせない。あまり不用意に誰かと比べるわけにはいかないが——いまは家を留守にしている彼女の「女子大生の姉」という人物の容姿を引き合いに出せば、女性らしいストレートのロングヘアーに、胸も手足も発達し腰つきは頑丈そうで声まで大人びており、その存在を否定しないことからすると彼氏もいるらしいのだが、どれもそれなりの加重となりうる要素であってみれば、姉妹といえどだいぶ資質にちがいがあるとの感じを受ける。下の名前が姉妹とも同じく一字であっても、向こうは山偏を書く君島岬（みさき）であるように。

まだ登場もしていない人物のことながら、姉は結局彼女の「生き方のモデル」とはならない予感がする。漫画のようにそう簡単に憧れの姉が手に入るわけではなく、こんなふうにいつも幻滅ばかりしている。空も飛べないことを思い出した。だがそれはそれとして、生きていくうえで多少は現実を見るようにしなければ。そこが普段から彼女に足りない部分ということになるか、敏感なほうの耳だけでなく目を覚まさなければ。

§

見ると彼女がいる——夏休み中のとある夜、少女が徒歩で団地を後にしたところだった。（ようやく「オープニングシーン」ということになるか）自宅を抜け出しちょっとそこまでおつかいに。団地からだとどの方面でも下り坂になる。寝床が寄り集まった団地から、帰宅者の流れを逆にたどるように駅前に出て、目的のファミリーズマートまでがあっという間。周辺はまだ人通りが多く、見るからに安心安全のまちの風景である。考えてみれば夏の夜八時台なんてまだほんの宵の口、日中の活気がそこここに残る、完全に活動時間のうちだった。

駅の脇に踏切と商店街がある程度なので各停停車駅かもしれないが、何だかんだで利用者は意外と多い。駅から出てくる帰宅途中のサラリーマンらしき背広姿の男性と、スーツの女性がちらほら、彼らは勤務地の方角から自宅の最寄り駅まで帰ってきたのだろう。新宿と多摩丘地区を結ぶ京玉電鉄の車両が踏切を通過する。東京西郊のベッドタウンの一つとして、もっともふさわしいような日常的光景だと映る。

あそこはどんなまちだろう——駅前に出るとやはり現地一帯の案内地図があり、駅の切符売り場の路線案内図からでも少しは事情が明らかになる。新宿からの下り電車は、市外となる川向こうから鉄橋を渡ってくる。この大きな川、巨多摩(こだま)川のこちら側に多摩丘ニュータウンが広がる。少女の暮らす地元からは、行こうと思えば新宿まで電車で一時間とかからないはずだが、たいていの用事なら川向こうへ渡らずに済みそうで——何せ巨多摩川は地図で見てもとても大きな川だし、こちらから鉄橋を渡る手前の駅、すぐ隣の急行停車駅には、繁華な商業エリアに鉄道会社系列の京玉百貨店まである。市内に公園は多いようだし自然もまだ残り、住むにはよい郊外のまちだった。

看板と店舗外装のこの配色、全国チェーンのコンビニから出てきた少女はレジ袋を下げている。

次の瞬間、団地の一室に帰宅してみれば、そこには3DKの住戸と同じ大きさの現実が待っていた。やっぱり現実なんてこんなもの。せっかく買ってきた牛乳のことで母親から無闇と小言めいたこと（「やーね牛乳一本でまたレジ袋なんてもらって、あんたにちょっとでも環境意識ってものがあれば……」）をいわれ、まともに会話する無意味さに気づかされると、適当な相づちを打ってその場をやり過ごす。更年期障害からくる八つ当たりかもしれない。

家庭内の事情や何かが強調されるのはちょっと嫌なものだけど――こんなときはきっと、重箱のように居室を詰めこんだこの団地タイプの住戸の狭苦しさを感じた。姉と共同で使っている部屋など、まんなかに二段ベッドを置きカーテンを引いて仕切りとしているくらいだ。また3DKのうちDKと襖つづきとなる和室も、そこを襖で間仕切らずに居間としているが、背中合わせに置いた大型の本棚（「本の虫」で「日曜学者」でもある父親の収集する歴史書や地域資料がぎっちり）が半ば壁となっている。

ダイニングテーブルでは母親がワープロに向かって作業し、すぐ向こうの畳敷きの部屋では父親が座机で書き物でもしている様子だった。こちらもあちらも、家にいると両親がいかにも勉強好きな雰囲気を醸し出していて、一家団らんの時間には程遠いものがあった。

「ああミオか、お帰り……ねえ母さん、そっちのワープロまだ空かない？」

黒縁メガネの父親がのっそりとダイニングに入ってくる。

「ええいま？　んーあともう少しでプリントアウトできるとこなのよ」

受験生の「中学生の下の娘」は、どこか居たたまれない表情で、居間で交わされる両親の会話にも割りこもうとしない。家族はいつも何だかんだと作業していて、本当ならいまこの家で一番「何かやって」いなければならない自分の身の上が思いやられる。「上の大学生のお姉ちゃん」にしてからが、この場に不在であるにもかかわらず、壁のカレンダーが赤字で本人の行動の正当性を保証するように、何らかの「合宿」中なのだった。

「ミサキのやつ、合宿中にもう学科試験合格だって？」

「そうらしいわよ。『傾向と対策』で力発揮できたって、あの子はいつもそこがしっかりしてるから」

「まあ筋がいいんだろうな。大学受験のときも自学自習で英文科に現役合格か……あれ、もちろん元教育出版社にお勤めの、『赤ペン母さん』の陰ながらのアドバイスとサポートの賜物だけれどね」

賜物はともかく、そこが「家庭の主婦」とは異なる、子供の頃から見ていた自分の母親の姿だ。「だからお母さんにはへんな名前がついていて、それをはじめにいい出したのはお姉ちゃんだったのですが、うちではお母さんのことを『赤ペン先生』と呼んだりします――」。

「ううん、アドバイスだのサポートだの、そんなご大層なものではないでしょうけど。あの子が頑張ってる姿を間近に見ていたからよ、私が新多摩大の大学院を目指そうなんて思い立って、いまこうして修論で苦しんでるってのは」

ここでますます「勉強好きな雰囲気」が——本人の口から語られる通り母親はいまや大学院生であり、今年度中に修士論文を書き上げようといまから悪戦苦闘している。少女は傍からそれらの会話を耳にしてふさぎこむような表情になる。あたかも家族のなかで自分だけ置いてけぼりをくわされた気分でいる、というような。

少女はすでに自室に引き上げ机に向かっていた。勉強しているわけではなく、いつかの時代の、ここではないどこか別の場所へ、とまた本のページをめくる。現実には目をつぶり、好きな読書だけが心の慰めだと言わんばかり。ではそこにいる受験生たる主人公は、勉強しない代わりに「本当の自分」でも探そうとしていたのか。囚われの身として現在の境遇を嘆き悲しみ、我と我が身を孤独のうちに発見したか——相も変わらぬ日常にうんざりしていたり、前途に希望を持てずに悄気ているだけのことかもしれない。

しかし何事もなくただ時日のみが経過するということはありえない。どうしても「このままでいい」では済まされず、たとえ表面上のことでも平穏を乱す何らかの問題——たいていちょっとしたこと——は生じるものであり、発端となる（やはり多くはちょっとした）事件は起こるべくして起こるのがここでの道理なのだ。

§

その夜もM・エンデ『はてしない物語』を読んで現実逃避を決めこんだ。こんな遠い外国のファンタジー小説であれ、井上ひさしの小説を読む夜とさほどちがいはない。それは心の煩(わずら)いから逃れる手段であり、同時に彼女の自尊心や優越感に満足を与える行為ともいえた。いま日本に暮らす中学三年生のうちで一番「物語の本」を読んでいるのはこの私だ、と。その証拠に机に置かれたハードカバーの本が何だかんだと視界に入る。そこにも物語、そこにも物語。まだあと何冊も読む予定があり、まるで「人間のはてしない欲望」でも目の当たりにしているかのよう。

少女がふと読むのを中断してページをパラパラやりだした。最終ページよりも先に進んでさらに見返しの紙までめくると、裏表紙のブックポケットにカードが挿してあるのを目にし、驚いて眼球を膨らませる。

「ゲーッ、うそまさか……カードがここにあるってことは、これ貸し出し手続きしてない!? 学校の図書室からそのまま持って帰ってきちゃったなんて……あらやっぱり、読書記録用の個人カードにはこの本以外は貸出記録がある。うーん、そんなつもりじゃなかったのに、まるで万引きしたみたいな何ともいえない気持ち……」

せっかく自分が自分に正直であろうと誓ったばかりだったのに、なんと間の悪いことか。難しい顔をして個人カードの記録をまた見返し、『ウサギ号の冒険』『とかげ森のルウ』『炎の戦い』と一冊ずつ手元の本と照合し終えると、記録のない『はてしない物語』を妙な目つきで見やって溜息をつく。それはまるで「頑張って読んでいるのに、記録に残らないなら意味がない」とでも言いたげだ。取り出したブックカードには、過去の「帯出者氏名」が二列になってぎっしりと一面を埋めきり、裏の欄にまで名前が並んでいた。よく知られているように、映画『ネバーエンディング・ストーリー』の原作本だった。

「こうして見るとけっこう借りられてるんだな。学校のみんなには……ごめんと謝りたい。ファンタージェン国のみなさんにも。あのバスチアン少年みたいに竜に乗れたらどんなにか素敵だろうけれど、いまのところ『本を盗んだ』ところまでが似てるというだけ……私なんかが虚無から一国を救えるはずもなし」

こんなふうに心境を正直に語るのだが、

「ん？　私の前に借りてたこの人、宮座賢司だって。ミヤザケンジ、ミヤザケンジってすごい響きの名前……どんな感じの人だろう？」

名前を見つめる少女の目。彼女自身の名前はそこになく、まさしく陰からこっそり他人のプライバシーを覗き見ているが、それがいかなる行為か自覚もなさそうに「どんな人か」とは、きっと考えるよりも先に感じたままが言葉になっている。そこには何か「発見」をして心を浮き立たせた少女がいる。どうしても抑えられないその気持ちは、善悪の判断や倫理観などどこ吹く風の好奇心だ。

「でもこんなふうに相手の名前と読んだ本だけ知ってるのって、やっぱりちょっと素敵かもしれない。……二人は互いの顔も知らず同じ町に暮らしている。どちらが先に気づいたのだろう。あるときどうしてもブックカードの名前が気になり、そこの町の図書館はバーコード式じゃなく昔ながらの貸出方式なんだけど、それを頼りにいままで自分が読んだことのある本を調べてみると、気に入っている物語には必ずその人の貸出記録が載っている。どれも古めかしい本。なぜこうも二人の読む本の傾向が似ているのか、またどうしたら彼らは出会うことができるだろう……」

点と点を線で結ぶ必要がある。設定は、筋は、仕掛けはこれこれで。一人部屋にこもっているから、口を動かそうと動かすまいと声は聞こえるし、家にいても家族の前でなければ感情表現が豊かになる。

「じゃあこれから猫の探偵事務所にでも出向いて人捜しを依頼してみる？　いいえ、そんなのいかにも無粋。……その本は、ブックカードがまっさらで、いまだ誰にも読まれた形跡がなかった。少女が最初の貸出者となってそれを読み、『物語に選ばれたあなたは誰？』というメッセージを本のページに挟みこんでおく。未知の『彼』が本当に運命の人だったなら、いつかきっとその物語にたどり着き、ブックカードの二人目の欄に名前が書き記されることになろう」

たとえ二人が出会うにしても、「本のなかでだけ」だとしたら——その関係性や距離について、少女は真剣に悩み出す。

『『交換読書』？　少しちがう。とにかく純粋で静かでささやかな交流。舞台は図書館で、二人はまだ中学生だもの。あれやこれやで、さて結末はどうなったか……ああそういうのちょっと苦手かも。出会ってからのことなんて。うーんでも本当は、知りたくないってわけでもない？　知りたくないなんてこと、なくない？『ふうむ、やはりそうか。ではもし君が、どうしても結末を知りたいというなら、あの小さな町の小さな図書館にいまでも勤務する、司書のナスターシャにこう尋ねてみるといい——』」


「ねー、お父さーん」

一度部屋に退散したあとで再び居間に戻り、娘は風呂上がりの父親に何気なく話しかける。

「前にテレビで『町の図書館がバーコード化する』ってドキュメンタリーがあったでしょ。あれって東京の話？」

「んん、そうだねあれは……さあてどこだったかな。たしか西南のほうだった気がするけれど……えっマチオウジ市？　いやもちろん東京の話ではないよ」

「ふうん、もう東京にはないの？　私この問題にとても興味があるの」

「へえ問題ときたか、ミオも妙なことに興味を持つんだね。うん、いまどきはどこもデータベース化しているから、こっちの業界ではそれが当たり前になってしまったなあ。導入時のコンピュータへの入力はすべて手作業でね、ほとんど人海戦術。ついこのあいだのことのようで、多摩丘市でもかれこれもう運用九年目だよ」

「私、やっぱり紙のほうが好き。どうして変えちゃうんだろう。こんなブックカードがどの本にもついていてたら、読んだ人の名前がわかって嬉しくなるのに」

そこでふと押し黙り、娘の持つブックカードに目を落とす父親だったが、黒縁メガネのレンズに台所の蛍光灯が反射してその顔は唐突に表情を失った。父親は市立図書館に勤務する本物の司書だった。

「ミオちょっといいか。そのカード、それは中学校の図書室のものだね。過去の貸出者の名前やら日付やらが、誰の目にも触れるような場所に記録されている。誰がいつその本を読んだのか、ミオのいうように一目で簡単にわかってしまうな。でもね、そういう情報を知られたくない利用者がいた場合どうだろう……本当にこんな貸出方式でいいのだろうか。好きとか嫌いとか、個人の感じ方の問題じゃない」

顔面は影になりメガネだけ光る。父親が同じ姿勢で話しつづける。

「あのなミオ、われわれはその昔、世の中の思想統制が厳しかった戦前戦中期なんかには、当局の検閲や思想調査に協力もしていたんだ……官憲のいうなりに、利用者の読書履歴を差し出したりしてね。当時の図書館は『国民の思想善導機関』などとされた。実際にそんな歴史があるんだよ。……やがて日本国憲法が制定され戦後民主主義の時代が訪れたとき、知の番人たる図書館が思想信条の自由を侵すようなことがあってはならないとの歴史的反省に立ってだね、誰がどの本を読んだかなどの『読書の秘密』は、絶対に秘匿されるべきものとして、われわれはこれを守ることを宣言するに至ったんだ」

神妙に聞き入っていなければならない大人の話だ。それにしても父親がこうもムキになるとは予期しなかったし、話題が思いがけない方面に及んで茫然としてしまう。いま少女のうちに胚胎し、外への出口を探し求めていた物語は、早くも現実の厚い壁に阻まれてしまった。「そんなこと、実際には起こりっこない」。父親が視線を上げて正面に向き直る。しかしメガネのなかに目はなかった。

「図書館にやたらと幻想を抱くものではない。いいかね、書物の国の一族の者よ……まず守るべき掟を知り、その禁を犯すべからず。まああれだ、僕がいいたいのはつまり、物語のなかの図書館と現実の図書館はちがうということ。妄想なら妄想でいい。でももし実際に『読書の秘密』に反するような行為があれば、たとえそれがアニメ作品とか小説中の出来事でも、きっと図書館協会が黙ってはいないだろう（よもやそのために自治体から有害図書指定なんてされた日には目も当てられナイョ）。つまりだね、個人のプライバシーの保護とはそれくらい重大だってこと——」

パジャマ姿になった少女が二段ベッドの上の段で天井を見上げながら何かつぶやいている。

「起こる起こらない、起こる起こらない……本当に何も起こりっこない？　いまさら全部そっくり路線変更だなんて。だってあんな名前を知ってしまったらもうそれは」すなわち物語である。でもこの郊外のベッドタウンが舞台となると、あんまり気分が出ないんだよなあ。

ここで父親のこと――

うちのお父さんは学校の先生たちと同じ「公む員」という身分だ。少女はかつて小学校時代に宿題で出された「仕事調べ」のことを思い出す。ビジネスマンとか企業戦士とかの会社勤めではなく、通勤電車にも乗らずホンダスクーターで坂を下り坂を上って、勤務先の図書館に半身だけが向かう。もう半分の父親も黒縁メガネと七三分けの風貌は変わらないが、珍しいのかどうか「草もうの郷土史研究家」なのだった。故郷の歴史の専門家――郷土関係の雑誌に名前が載ることがあり、自宅では常に何かを執筆中だ。夢見がちな性格の娘から見ると「いい線いってる」かもしれないが、小学校の低学年の頃にはその父親のもう一つの職業を、例えばジョーンズ博士に代表されるような考古学者だと思っていたのだ。

彼女の心のわだかまり、いくつかの疑問はいまだ解消されていないながらも、ときには「考古学者のお父さん」のことをちらと思い浮かべてみる場合がある。ただそれも、そうであればよかったと漠然と夢に描くものとは性質が異なっていた。考古学者の父親と、二人姉妹の娘たちがそこで生き生きと暮らす、その話についての思いなのだ。

物語ではある幼い姉妹のいる一家が、病気の母親の転地療養のためそれまで暮らしたことがないような農村の一軒家へと引っ越してきて、何もかも目新しくヘンテコでもの珍しい田舎暮らしに心躍らせる日々を送る。小学六年生と五歳くらいの女の子。姉妹が森を行くとき、自然は驚異に満ちていた。

ひょろっとしてメガネをかけたどこか教員風の父親は実際に大学教員で、専門は考古学とされる。ただその父親は、戸外で遺跡の発掘調査に従事するというよりかは、大学で民俗学でも教えていそうな雰囲気がある。「妖怪の話」などがその学問分野に含まれるのであれば——それだと作品イメージにぴったりなので。

やがて姉妹は近くの森で超常能力を持つ不思議な生き物に出会う。それは児童文学のなかのお話であると、あくまで作り事だと考えてはいるのだが、どうしても創作された世界に留まらない、他人のこととは思われないところがあった。メルヘンでもファンタジーの異世界でもない。実際に行こうと思えば電車で行けるような近県の土地を舞台としているくらいだし、もとより姉妹は何か大きな宿命（滅亡王朝の王族の末裔だとか……）を背負って生まれてきたわけではない。

考えてみれば彼女がこれまで多く読んできたのは、アニメシリーズ「世界名作劇場」の原作とか、海外の児童書やファンタジー小説がメインだったので、どうしてこうも「武蔵野」に憧れるのか、少し話がややこしいのだ。日本でもまず宮沢賢治は別格としても、普段読んで心を打たれるのは遠い国が舞台のものばかりだったのだから。

……そう、私のなかであの二人の姉妹は特別な存在。どうしたらあんなふうに見えないものが見えるようになるんだろうって、小さい頃からずっと思ってた。東京ではきっともう目にできなくなった武蔵野の自然をよく残す隣の埼玉県内の土地（トトロザワ市？）を舞台に、サツコとメリの姉妹が見つけた「秘密のまじない」と「森への招待状」、そして不思議な生き物トトルとの出会い。キャラクターのモデルは外国の絵本に出てくる怪物トロルかもしれない。病気で入院中の母親の浴衣姿。いまどき見ないような丸縁メガネの父親。親切な農家のおばあちゃんの「埼玉弁」も忘れてはいない。森の小道、灌木のトンネル、原っぱに一本立つ楡（にれ）の大木。ああ本物の武蔵野……まるで別世界のような野山の光景が脳裏に浮かんでくる。

「いわずと知れた『武蔵野トトル』の物語。原作が絵本になり、そこから童謡が生まれてテレビでも人気が出ると、楽曲CDとぬいぐるみの発売となって――」

モデル地に「トトルの森」といわれるものがあるとも聞くのだ。しかし単にあっちのほうというだけで、実際にはその舞台となった土地を知らない。時代もだいぶ異なる。いま姉と両親の家族四人で団地住まいをする東京西郊の多摩丘ニュータウンは、山を削り谷筋を埋めて造成された比較的新しい時代の住宅都市だ。それでは向こうは昭和何十年代にまでさかのぼる話なのか。埼玉の姉妹が当時そこで子供時代を過ごした頃には、ここらもまだまだ草深い丘陵地帯だったのだろうな。父親がいつも口にする「土地の記憶を探る」というほど土地のことを知らない。

閑話休題。

私も不思議な冒険に巻きこまれたい願望はあるし、いつも何か物語が始まるきっかけを見つけようとしているけれど――と少女は二段ベッドの上の段で天井を見上げながら思う――でも「故郷のニュータウンが舞台」となると、やっぱり気分が出ないいんだよなあ。

§

焦る中三の夏休み。机に積み上げられた本の山。カレンダーの端に「正正丅」などとあるのはこの夏読んだ本の冊数か。だが「読みたい本」を追いかけていられるのも、せいぜい夏休み中にかぎられた話なのだ。これらの事情からすると、中三の夏に本を何冊読んだという思い出と引き替えに、きっと二学期からはただの受験生になるのだろう。

朝のダイニング。両親はもう家を出たあとらしく、家族で一番忙しくしていない（いなきゃいけない）人間が、パジャマ姿のままコーンフレークで朝食中。

「……そっか、今日は市立図書館が特別整理日で休館だから、勉強しなくてもいい日だった！　それで学校で悠紀子（ゆきこ）と会う約束してたんだ！」

一日家に閉じこもる気でいたような猫背が一瞬にして直る。休日の父親の癖を真似してはいけない、学業に励む姿勢以外は。それはともかくいまは目の前のコーンフレークに取り組もう。

「……はっ、これって『とうもころし』？」

少女は次の瞬間着替え終わり、バタバタと家の戸締まりなどしてすぐに出かけていったものの、再び外から戻ってきて玄関で靴を脱ぐ。無地で飾り気のないクリーム色の半袖のブラウス姿もそっくりだが、こんな忙しなげなところがどこか母親のことを思い出させる。

「あーもう、まあた一階まで下りちゃった……せっかくさっき『いいこと考えた』って膝を打ったところだったのに、肝心の本を忘れて出るなんて、とんだソコツ者だなあ」

五階建ての四階。そこを改めて一気に駆け下る。各階に外廊下のない階段室タイプの建物で、まっすぐ段を踏んで昇降するしかない。たいていの団地のように階段が北向きになるためか、外に張り出す踊り場も床の段も壁面も「コンクリだらけ」でできているからか、日も当たらずにどこか空気感までひんやりしている。

コントラスト。団地の外、晴天の青空と強い日差しを浴びて輝く鉄塔を路上から仰ぎ見て、夏としかいいようのない光景に気分も晴れる。「わぁ、あっつーい……！」とひまわりのように日に向かって笑顔を覗かせる。送電線は高々と架け渡され丘陵を越えていく。蟬、蟬、蟬の鳴き声。今日も緑が濃い。

いつもの通学路を、ダボッとした探検家みたいなオリーブ色のショートパンツから伸びる足がスニーカーを履いてのしのし歩く。腕は自然とくの字形に。学期中のように制服姿だとこうはいかず、こんな気楽さときたらない。そばを通るだけでいつも吠えてくる犬くんに今日も吠えられる。ウォンウォンウォン、やっほう、と彼ら式のあいさつ。

道は駅とはだいたい反対方面で、坂を下るにしたがって一軒家ばかりの普通の住宅街になっていく。近くを小さな川も流れる低地に中学校の校舎がある。

運動着のソフトテニス部に、野球部はしっかりユニフォーム姿で練習しているグラウンド。ちらほら同級生の知った顔に向かって手を上げる。中三の夏になってもまだ部活動をつづける「今度の大会を最後に引退する」彼ら。みんなそれぞれの立場で頑張っている。だからこそ焦る。

正門を入ったすぐのところで、見覚えのない男子生徒とすれちがう。半袖ワイシャツの制服姿が目に懐かしい。

「あれっ……？」

少女がそこで一瞬立ち止まりかけ、自分がいま驚いたことに驚いたように不審そうに少し顔を曇らせると、またすぐもとの歩調で先に進む。男子生徒はとくに何の素振りも見せずにそのまま校門を出ていく。表情や仕草からして、きっと向こうからも知られていない。

いまのはおそらく何でもなかった。こういう「ただの他人の空似」に驚いたのも、いざそれが誰に似ていたかを考えても思い当たる顔がなく、そのことに驚いたにすぎない。前から知っていたように感じる、しかし前世などに答えを求めるべきではない一瞬の錯覚みたいなもの。

「知っているはずがない……あ、そうだあの名前」

と、すっかり忘れていたブックカードの名前を口にしかかったところで、首を振って即座にその考えを打ち消す。まさか、偶然が取り持つ出会いなど容易に信じられないし、昨日の今日でそうすぐ奇跡が生じたりするはずがない、と。

「……おいキミ！　元コーラス部、遅いぞー！」

肩を出した水色っぽいワンピースに麦わら帽、私服姿で昇降口前に立つ原口悠紀子が地声でがなり立ててくる。コーラス部らしからぬ、と誰しも思う、そのやや鼻にかかったハスキーな彼女の声質。

「ごーめーん。なんだユッコ、校舎入ってればよかったのに」

「だって私服なのに、一人でいたらおかしいでしょ」

「はっは。ねえそれより、ちょっと先に図書室つき合って」

「ええーっ、また本なのー？　んーもうっ、私って者がありながら、あんたはいつもそればっかり！」

「はいはい。『相談の件』とやらは、あとでたっぷり聞かせていただきますから」

二人並んで階段をのぼり、揃って職員室に顔を出すが誰もいない。部活指導ですっかり出払ってしまっているのだろうか——来賓用スリッパを堂々と履いてきている二人組が顔を見合わせる。

「なんかあれだね、こうしてると私たちまるで……」

と、悠紀子がこの状況を一言でたとえて、

『卒業生がひょっこり母校を訪問しにきた』みたいなカンジよね」

シチュエーションがさあ、とスリッパの足をちょっと持ち上げてみせる。

「な、ユッコそれってちょっと気が早すぎない……せめて高校受験の結果報告くらいじゃないの?」

「やだよもう、受験生の現実なんかに目を向けたかないね! 私はもう卒業後のクラスの謝恩会のことしか頭にないんで」

「ええそんなの——」

ガラリと図書室の引き戸が開いて、廊下からきょとんとした二つの顔が室内を覗く。

「……なんだ」

「……開いてる」

入ってみると悠紀子のほうが興味津々という表情で、書架を物色してみたそうにあちこち見まわす。普通教室の一・五倍ほどの大きさがある。

「ここひさしぶり。小学校の頃は結構好きだったのに。でもこれだけ本があるのに鍵閉めてないなんてヒドイねまったく。……それではキミ、盗んだブツを出してもらおうか」

「だからちがうんだって、事故みたいなものなんだから」

「事件か事故か。んじゃ、私がカウンターやったげるから、ほらブックカードと個人カードを出す出す」

そこんところにそれこれがあって。あっち側にカード置き場が。欄に名前と日付を――と、カウンターの外から少女が指示を出して貸出業務をする。

「うんありがとう。はい、じゃあこれ、返しまあす。クラスと名前は……」

「ええっ、いま貸出手続きしたのにもう返すの⁉ 借りるための手続きしたいんじゃなくて、図書室の用事ってそれなの？」

「だって――」


木陰になったグラウンド脇の花壇の角、そこに二人腰かけて話しこむ。

「キミのそういう性格が、ますます興味深いというか何というか」

「だって、私はここでこれこれの本を読んだってことをね、たとえ自分が名前だけの存在だとしても、いつか同じ本を読む人や何かに向けて、ちゃんと形に残しておきたいってそう思うから」

「ふうん、『ネーム・トゥ・ネーム』っていうみたいな関係なのかな、それでいうと」

帽子で半ば隠れた顔の口元だけを横から見ていると、彼女のかすれ気味の声が妙にしんみりと響く。そういう関係だ、などと指摘されてこちらはどうにも気恥ずかしく、猫背になって首をすくめる。「免疫不足」ということとか、そこで一瞬黙りこんでしまう。いま自分でブックカード云々といっていたわりには、そこに注目した肝心の「宮座賢司」の名前も、「ネーム・トゥ・ネーム」にまつわる物語を構想したことも明かせずにいた。そういえば、さっき現実に見た男子のことも。

「あのさ……」

「お姉さんがミサキさんで、妹がミオ。ミサキはあの灯台があるような岬の字でしょう?」

「んん……え、そうだけど?」

「君島澪もさ、百人一首の歌なんかに出てくる『みをつくし』の澪だもんね」

読み札を読み上げる大人の声。子供たちが先を競って取り合う絵札――。「わびぬれば　今はた同じ　難波なる　みをつくしても　あはむとぞ思ふ」と、元良親王の一首にそれが出てくる。「逢えずにいるつらさに、もはや身を滅ぼしたと同じことです。難波にある『澪標(みをつくし)』ではないが、この身を捨ててもあなたに逢いたいと思います」。きっと命を賭けた本気の恋が歌われていた。しかし少女は、話題が移っていたことにふと気がついた。

「……どちらも船の道標になるの。姉妹でいい名前よね、親の名付けのセンスが段ちがい。うちの親なんて見栄っぱりなだけで、ぜんぜんセンスってものがないのよ。……私やっぱり一人っ子だから、姉や妹がいるって羨ましい」

「んー、でもうちの場合は歳が五つも離れてるし、ホントいうと姉ってより、母親がもう一人いるみたいなものだからね。しかも狭い部屋を共有してだよ？　ユッコんちなんかあんな一軒家で、自分の部屋があって羨ましいよ」

「……私いま、『居間出』中なんだ」

そういうと不意に立ち上がり、にんまり得意そうな表情でこちらを振り返る。急に幼い顔を覗かせる。

「い……いま、いまでちゅう？　家の居間を出て……居間に入らないようにしている？」

「そんなこと、できるんだ！」

現実的問題、いま悩んでいること、誰かに話してしまいたいこと。

とりあえず昼間から家にいるのは窮屈なので毎日塾に通ってる。夜の九時まで自習室にいることだってある。帰宅後はすぐに二階の部屋へと退散する。やっと親が寝静まった頃に、台所を覗いて夕食をとったり翌日分の弁当を作ったりする習慣。親とは時間をずらして生活していてだいたい深夜三時頃まで起きている。

「今日もこれから塾なんだけどね、今度部屋まで遊びに来てよ。あいつったら、土日のどっちかは必ずゴルフに行ってるんだから。私は土日ずっと部屋にいるの。父親がいない日だったら大丈夫」

「その生活、いつまでつづける気なの？　応援はしてるけど」

「わかんない。夏休み中は塾もあるしこのまま何とかなりそう。でも私、勉強以外にやりたいことあって。親なんて受験のことしか頭にないからホント嫌になる。娘の心親知らずよ」

このストレートな感じ。少女は座ったままクラスメートの顔を眩しそうに見上げる。少し笑う。

「……なあんだ、レンアイ相談じゃなかったかあ」

「なに、それ期待してたの?」

「ふふんっと、そろそろ行こっか」

道の片側が崖となり、ガードレールの向こうに住宅街を見下ろすまで坂をのぼってきたところで、自転車を押して歩く悠紀子が口を開く。

「ねえちょっと変なこと聞くけどさ、とっても変なことだけど、もしもね、もしも仮にゴルフ場開発で故郷の山を追われたタヌキたちが生活に困って、それで変化(へんげ)の術でもって人間社会に溶けこんで暮らそうとした場合、彼らはどんな職業を選ぶと思う? 別に直感でいいの……ねえ?」

「ユッコ、なに変なこと言ってんの?」

自転車を押す彼女の足が止まる。

「いやだからつまり……『やりたいこと』っていうのはさ、私その、絵本のほうに進みたいって考えてるんだ」

「絵……絵本？」

「そう絵本作家。ハタイサオ先生の『ぽんぽこシリーズ』知ってる？　ああいう動物モノが目標なの……私ぜんぜん絵の才能がなくてまだ一冊もできていないいんだけど、一宮高校に行ったら絶対美術部入るって決めてる」

「ふうん……そっか一宮か。もうそこまで進路も決めてて、やっぱりエライなあ」

「そんなことないって。そういえばミサキさんも一宮高校だったでしょ？　たまたま将来の夢が見つかって、そのために高校行こうっていうだけで、なんにも考えてない」

「ほら、ちゃんと考えてる」

崖下から吹き上げてくる風で二人の前髪が微かに揺れる。ガードレール以外に空と彼女たちとを隔てるものはなく、こうして見ると絶景のなかに立っている。丘の中腹に樹木はなく、午後の空は入道雲が遠方に少し出ているくらいで、強い日差しがじりじりとアスファルトの地面に照りつけている。道路のどちらの車線にも車が通らない。

帽子で顔もとだけ涼しげな悠紀子はしばし思案する様子で視線を落としつつ、

「ねえキミ、家族がそうだったら……」

何かいいかけて、目線を遠くの風景にやって話し出す。

「キミんとこみたいな団地でね、どの棟のどこかの一室に、見覚えがあるようなないような、昔知っていた誰かに似てるけれどそれが誰かが思い出せない、そんな『田沼さん一家』の四人がいつの間にか暮らし始めていて――」

「あ、ねえごめんユッコ。ちょっと私、個人カードが見当たらなくて……、もしかしたら図書室に置いてきちゃったのかも。ごめん、一度学校に戻ってみる」

「えー戻るの？　じゃあ自転車乗っけてこうか？」

「ううん、いい。それよりユッコ、塾遅れるよ」

じゃあ。それじゃあ。やや足早に、下を向いて少女が坂を下っていく。振り返って一度手を上げ、また歩き出す。

川沿いの一本道に出て曲がり、しばらく進んで丘の斜面が横手に覗くと、いま下ってきた道のガードレールが意外な高さに見える。もっと高い丘の上にも住宅が並んでいる。しかし少女はそちらに目を向けない。いまその顔は、落とし物をして困惑の表情を浮かべているというよりは、硬く口もとを結んだ真剣な顔で、どこか悲しげでもあった。

「私、サイアク……『どうしておまえは嘘までついてその場を逃れたりしたんだ？』」

一人になったときの声が響く。

「さあ、どうせ私こんなだもの、空なんか飛べなくったっていい。夢も目標もないただのズボラな中学生……」

さっきのは嘘だった。きっと夢を追う親友への嫉妬や羨望ではなく、まったくの自己嫌悪から自分を貶す口調で苛立ちをぶつける。私ってなんて嫌な奴、嫌な奴、嫌な奴！

やなヤツやなヤツやなヤツ——そうつぶやきながら歩く少女の足もとにはいま、紙の栞やらブックカードやら一筆箋らしき短冊状のものが無数に散り敷かれているが、彼女は足でそれらの紙を踏みにじるようにして進む。「ネーム・トゥ・ネーム」の関係が必要とした小道具は地面に落ち、物語は破滅を迎えた。少女は自分に言い聞かせるようにつぶやく。「ここはただの住宅街、私はただの中学生、どうせ何も起きたりはしない」。

平坦だった通りの風景がしだいに坂の住宅地となり、坂の上にある団地までそこをのぼる。道沿いにつづく一軒一軒の住宅の塀の変化。やがて住宅地を外れて緑が多くなってくる。

空気の感じがどこか変化する。こんもりとした丘陵の尾根らしき部分が道路に迫り出して木陰をつくる——そこには木々がしっかりと密生し、急斜面の擁壁にまでこぼれ出すようにツタが張っている。ひっそりと佇む寺の石段に、道路脇の小さな地蔵堂。下からでは樹木に隠れて本堂は見えないが、それらにまるで注意を払わず一人少女が通り過ぎていく。蟬の鳴き声は遠くから近くから押し寄せ、進むほど数を増すかのように響きつづけている。すぐ先に団地の待つ、自然のなかをのぼる坂道——。しかし彼女の目はとくに何も映していないし、犬が吠えようと蟬が鳴こうと耳には何の響きも残さない。やなヤツ。

聞こえてくるのはただ自分の声ばかり。

§

もう何もする気が起きないし、体を起こすことすらできそうにない——彼女は二段ベッドの上の段には上がらず、上がる気力もないかのようにいつも姉が寝ているらしい下の段に上体をもたれさせて目を閉じていた。ふて寝でもないが、耳にヘッドホンを装着して、姉のものらしいCDプレーヤーで音楽を聴いていた。

そのとき怒ったように目を見開いて、

「……洋楽ばっか」

ヘッドホンを外すと、首を持ち上げて姉の側の本棚をにらみつける。やはり怒ったようにそこへ立っていって、難しい顔で棚に並ぶCDアルバムの背表紙に見入り、英語のタイトルや歌手名を読み取ろうとしていく。表情がより険しくなり、ほとんど目をすがめて、

「アブッバ？　んー『ABBA』だから、アッバとかアブバかな」

「ディアナ・ロスは……読めるけど知らない」

「シンディー・ルゥーパーさん」

「マリーア・カリー……マリーア・キィシェ……シャリー？」

一枚ずつ横にたどっていた指がそこで止まり、珍しげな数字を見つける。

「ん、『70's』……七〇年代ってことは、へえこれ、私がまだ生まれる前の曲を集めたものなんだ」

当のアルバムをどこかぞんざいな手つきで抜き取り、今度はベッドに腰かけてプレーヤーを操作する。とくに期待もしないふうで、ちょっと首を傾げヘッドホンを片側だけ耳に当てていると（もう片側から音が漏れ聞こえる）、女性歌手がゆったりと歌うそのコーラス混じりのアカペラの歌い出しに、何事か思い出したようにはっとした顔つきになる。

「……あっこれ何だっけ、待って有名な曲？　聴いたことある、どこか素朴で懐かしい」

聴きながら付属の冊子をすばやく開く。めくるとまたしても英語だらけの紙面。しかも歌詞カードでもなく、ジャケットの表紙の裏から四ページしかない素っ気ない冊子で、これが噂に聞く輸入盤というやつなのか。しかし曲名ははっきり「テイク・ミー・ホーム・カントリーロード」と読める。歌詞は直接耳で探っていく。うんうん。

「ふーん、サビの部分だけならまだどうにかなりそう。この『主人公』はもしかしたら都会暮らしに幻滅してて、故郷の家を遠く思っているのかも。それにしてもトゥ・ザ・プレイス・アイ・ビロング……私の属するその場所へ？　とにかく田舎道はその土地へと通じている。ウエスト・ジーニアってところにいまも暮らす田舎のお母さん？」

歌の世界にも物語がある！　情景をあれこれ思い描きつつ、いつの間にか手元に英和辞典を用意して、遠ざけていた勉強でもするかのように机に向かった。

時計はそろそろ午後三時——。

「My elder sister belongs to the ESS at university. That is the English Speaking Society. I think it's a Pecha-Kucha club.」

ルーズリーフに書いた英文を前に、たっぷり溜息をつく。

「……彼女は英語で武装している。英語の盾に英語の剣。高校生英語スピーチ大会の賞状なんて。『昔から何でもよくできる』英文科の大学生ミサキお姉ちゃんか……どうだろ、やっぱり彼氏もいるのかな?」

と、気の向くままに脱線する場面。

勉強と同じく集中力が途切れてから、半ば無意識的に振る舞う意識下での行動が始まる。それでも一時間くらいはどうにか粘ったか、時計の針は一瞬で四時を回り、気づけば四時二十分、何かだいぶ様子が変わっていた。

左側の側頭部、あるいは左の耳。物語の世界に身を置く素振りとはちがって、その場所は自分の声だけがよく反響する、自分以外には誰も足を踏み入れたことのない洞窟のようだった。

「……やっぱりユッコしかいない。コーラスならもっとうまいメンバーがいるとしても、メインボーカルにはどうしても彼女のあの中学生離れした声が必要だから。何せ大人の歌う英語曲。本人は自分の声が不満らしいけれど……彼女はいつもそのことで悩んでいる中学生の女の子で、歌う自分に自信がなく、へまばかりしてコーラス部を辞めさせられそうになる。部員たちは彼女が持つ『原石の輝き』に気づいていない」

ふとそこに片手が触れると、洞窟の壁の一部が突如としてプリズムのように光り出す。その光に照らされたのは原口悠紀子の顔だった。

「『私は自分らしい声で歌うことを恐れていた……合唱で恥をかきたくないばかりに。失敗しないよう、はみ出さないよう何度もパート練習をくり返す日々。他人の声と区別のつかない声を求めた。しかしそのことで、私は大切な個性をも捨ててしまおうとしていたんだ……』いやちがう、ちがう、ちがうよ！」

強く否定する言葉が闇のなかにこだまする。机につっぷしていた少女が顔を上げる。

「自分の声を恐れている、それなのに自分の歌を歌いたい。そんな思いを心に秘めた一人の中学生。それってまるで……まるで私のことみたいだよ」

現実に引き返すよう促す、白昼夢から目を覚まさせようとする呼び声は、いつでも避けがたいものとしてある家族の声だった。——留守をしていたところへ帰ってきたのは母親で、「何だいるんじゃない」と台所に直行し、買ってきた食材を冷蔵庫に入れ始めた。

「うへー暑かったあ。ちょおっと外歩くだけでもうバテバテ。やってらんないねこの時期に大学だなんて。……ああ今日って図書館休み？　じゃああんた一日家にいたの？」

「ん、まあ……、ねえお姉ちゃんてまだ帰ってこないの？」

「帰ってくるなら連絡くらい寄こすでしょ。仮免許取得まで二週間はかかるらしいけど。でも信州なんていいわよね、賢いわあの子。うちに車ないけど、お母さんも一緒に免許とりたいくらいよ」

「ええっまた、自由放任！」

母親は嬉しそうにそれを聞いて、

「いいじゃない。これからはもっとやりたいことをやらなくちゃ。やりたいようにやろうって決めたのよ、この歳になって変でしょお母さん。まあでも、やらなきゃなんないことをちゃんとやってからですけどね。やってるんでしょ勉強？」

「はあい、英語の宿題やった」

「学校の宿題だけじゃ安心できないよ……ああ何だ、あんた英語ならお姉ちゃんに教わりなさいよ」

「いい……お姉ちゃんに教えてもらうと疲れる」

家事を手伝うでもなくダイニングテーブルに座りこみ、この家の奥の間といえる部屋のほうを眺める。二つの部屋の間仕切りとなる本棚の向こう側、部屋の隅にちょうどテレビを背にして座るように文机と座椅子が設置され、いま本人だけがいないというように、父親の取りかかっているらしい仕事の道具がそのままにして置いてある。

「お母さんあのさあ、なんでみんな大学って行くの？」

「ええ大学？　疑問？　んそうね……いやなんでって言われたら、そりゃあんた勉強してさあ、何も教養を身につけるためにってだけじゃなくて、いろんなことを知れば自然と視野だって広がるし、自分にどんなことができるか可能性を追求したり、進むべき進路の選択肢を増やしたり、まあ結局自分の将来のためよ」

「えーでも……ふーん」

「だから受験生は勉強だ勉強」

本当に聞きたいことは聞けず仕舞いだ、と少女の肩の力が抜ける。相変わらず反抗はしない。家族がいる前ではどこかいつも無気力そうにしていて、感情の動きをあまり表に出さない。

窓の外はすっかり夜——隣の号棟のベランダ側が見えるという眺め。部屋の窓は開けて網戸にしてある。部屋では一人、もう夕食も入浴も済ませたらしいパジャマ姿で机に向かうが、珍しく小説ではなく国語科の「国語資料集」を前にぐずぐずしていた。

やはりシャーペン等は握っていない。きっとこうした資料集はまずパラパラやるものだとの頭があって、実際いまも気になったところだけ読もうとしている様子だった。森鷗外のページ、夏目漱石のページを飛ばす手元。すぐ次へ、すぐまた次へ。

掲載されているモノクロの肖像写真に見入る。坊主頭で目線が横を向き口元を歪めた人物。まる一ページ分ある宮沢賢治の記事を読み始める目の動き——。

「ミオちょっとあんた、こんなところで風邪引くよ」

「お姉ちゃん……？」

いないはずの姉の声に驚き、机につっぷした姿勢から顔だけ上げ、不思議に思って振り向こうとするが眠すぎる。目が開かず、半死半生という態で椅子から滑り落ちるように立って二三歩よろける。

「もういいから、ほら下で寝な」

肩を支えられどうにかベッドに向かう。寝転がると天井の蛍光灯の輪が視界に入り、目の前の人物が影になってよく見えない。まぶしがる少女の白い顔は無防備そのもの。

「なんでお姉ちゃんが、いるわけないでしょ……じゃあこれってニセモノ……ああタヌキ」

「……とにもう、にバカな、ってんの、んたは」

「んん、どうせ……バカよ」

寝入る刹那も「バカ」にはきっと「バカ」で返す。寝たこと自体には気づかないが、寝る直前に発した自分の言葉を起きたときにはっきりおぼえているのも不思議だ。自分のものとはいえない自分の意識。明け方頃、ふと目覚めてから昨晩の場面を思い返して、

「タヌキにバカにされた……?」

と一言つぶやいた後、また知らぬ間に寝入ってしまった。

二度寝したときの夢では、本物のタヌキが図書館司書の父親そっくりの格好で家にいるのを不思議だとも思わず、居間の文机に向かう姿をダイニングテーブルから眺めていた。その夜はすき焼きで、スーパーで買ってきた牛薄切り肉の大パック、野菜やしらたきや豆腐を載せた大

皿があり、ホットプレートをテーブルの中央に設置してある。

母親も姉ももう食卓について待ちわびた顔をしている。どちらかというと二人ともキツネ系統の顔だ。

「ちょっとあなた、これ先食べちゃっていいの？」

「お父さん早くしないと、ミオが全部食べちゃうよ」

「なんでそんな食べないって、食べないって――」

タヌキはメガネでもかけたように両の目元に四角く黒い縁取りがあり、事務服に腕カバーまではめた格好で書き物仕事をつづける。そういえば下は何も穿いていない。

「どうしましょう、あの人頑固だから。何かうまいこと誘い出さないと」

「ほらミオ、あんたが『あの歌』で機嫌とりなさいよ。歌詞知ってるでしょ？」

「なるほどそうね、『あの歌』がいいわ」

「ひ、いやだ絶対……そんなの私歌えないもの。もうコーラス部辞めたし、知らないったら！」

すでに「あの歌」のメロディーが流れているが、ここではけっして歌えない――あんなものを声に出して歌おうと思ったことは一度もない。それなのに家族はなぜ私に歌わせたがるのか。たまに家族でカラオケに行ってる杉宮んちみたいで信じられない。まああそこは男兄弟だし、杉宮なら喜んで歌うんだろうけど、女子は一生「タヌキのアレ」なんて歌えるわけないもの。でもきっと歌わされてしまうんだ。ほら、耳を澄ませば私の声。

「……tan tan tanuki no xxxxxxx.」

ああもう、なんて恥ずかしいの。信じられない。顔から火を噴きそう。穴があったら入れてほしい。

「んっ、いま見てたものすごい夢、あれ、あれなんで嫌な思いをしたんだっけ」

二段ベッドの下の段で少女がむくりと起き上がる。

「そうだ私が家族の前でコーラスさせられそうになって、その歌の内容が何かの重要な鍵を握っていたような……だめだ、筋(プロット)さえ忘れちゃってる」

母親がそろそろ出かけるところらしく、バタバタと家のなかを動きまわっていて騒がしい。わざとこちらの気を引こうとするかのように一瞬音が鳴り止む。この呼吸、静かになるタイミングではたいてい寝室で化粧台に向かっているのだ。姉はやはりまだ帰ってきていなかった。

「あんたやっと起きたの、お母さんあと五分で出るよ」

と、すでに出かける格好の母親である。

「……うんはい、わかったから」

「ああーそれから、受験生のためにお弁当も作っといたから。そこのテーブルに京玉百貨店の紙袋あるでしょ、それ持って行きなさいね。あんた電車よね？　ああーそれから、ついでにお父さんにお箸届けて。なかに入ってるやつ」

「ええーっ」

「何よその声、どうせあんた図書館行くんでしょ？」

「行くけどぉ」

「じゃあいいじゃないの。はあい、では箸を英語で？」

「チョップスティック」

「語尾はs、二本一組だから常に複数形の点に注意。ね、『箸が転がってもおかしい年頃』のお嬢さん？」

「箸が転がっても笑いまあす」

「んじゃ、あんたはこれから図書館で勉強。お母さんは新多摩大で勉強さね」

いってきまあす。いってらっしゃあい。母親はいつもながらに蓮っ葉な調子。娘がふて腐れても、ふて腐れたままでいさせてくれない。自分の日頃からのそそっかしさを棚に上げてそんな言葉の問題。箸は常に二本ずつ。

一本のスプーンで一皿のコーンフレークをすくっていたとき、また突然胸が高鳴って、思わず「うっ」と呻いてしまった。

「お母さんは……お母さんはこれから『〇ン玉大』」

ゲホホホン！　あまりのことに、むせ返ったように咳をして誤魔化さずにはいられない。心の声を誰に聞かれるわけではないのに、つらい現実に耐えようとするようにしばし身をこわばらせ、乱れた心に平静を取り戻すべく怨念じみた文句を一言、「全部お母さんが悪い」。だって常に二個一組で複数形になる名詞がどうのこうのいい出すから。

母親とはいろいろな面でうまくいかない。そこから自分が生まれてきたとはとても思えない。いや、そこといっても別にお母さんの「そこ」を指しているわけではない。ほんの言葉の綾。もっともそういう意味では、この私という存在は、お母さんのそれよりも先にお父さんにおけるある一部分が作用した「たまもの」だといえようか。また恥ずかしいことを。

わざとのように極度の無表情になってみせ、そのままふらりと自室に入っていく。頭の中には雑念などないという素振りで机の前に立つ。と、国語資料集の見覚えのあるページが開かれている。宮沢賢治のよく知られた肖像写真。

「最近どうしてこうも気になってしまうのか……ねえもしかして、夢で歌わせようとしたのはあなたじゃないの?」

解像度の低いそのモノクロの肖像写真を前にそっとつぶやくと、向かって左側の頬の下に刻まれたほうれい線が一瞬動いたように見え、はっとして目をこする。二度瞬きして、少女はもう一度相手をよく見ようとする。お話めいたもの、物語への欲求に振り回されるのは毎度のことだが、これは視力の問題かもしれない。

写真はいまにも泣きそうで悲しげな表情を写しているのに、何かはにかんでいるような気分も少し出ていて、どうかすると笑っているかとさえ思えてくるのが不思議だ。さっきは表情で何か応えてくれた気がしたが——ページにぐっと顔を近づけ、写真を左側のほとんど真横から見てみると、顔の幅がなくなるくらいの角度になっても目は潜りこむようにさらに横へと逸れ、文字通り「在らぬ方」を向いている。と、そんな視線を合わせる無駄な努力をして、何となく気が収まったようだった。

家を出がけに、廊下から伸ばした少女の腕だけまた部屋のなかに入って、すぐのところに壁掛けしてあったカンカン帽をさらっていく。するともう玄関に姿はない。

階段の途中、上の階から順に踊り場にその帽子が見え隠れして、一階の最後の階段をするする舞うように下りてくると、帽子の持ち主はいま両手がふさがっている状態だった。小脇に抱えるプラスチックのえんじ色をしたブリーフケースと、もう片方に下げる紙袋と、中身を知らないとどちらが重いかも明白ではないが——それらにはお構いなしに走り出すので、黄色いプリーツスカートは軽やかに波打って躍動する。またその見落とせない上半身のコーディネート、赤い半袖の夏ニットから下に着たシャツの綺麗な白い襟を覗かせた格好が、ちゃんと身支度をしたとの印象を与える。加えて今日は足もとが走りやすいスニーカーでなく、都心のデパートから「発表会」にまで履いていけそうな少女らしい茶のローファーの靴だった。折り返した白い靴下。

暑さを理由にシャツ一枚で出てきたりはしない。夏のことで、短パンとTシャツにサンダル履きで「ちょっとそこまで」と出かける場合はあるにしても、図書館となるとそうはいかない——だってそういうものだから。図書館に対する思いのほどは、きっとこの日の服装にも表出されていた。

駅の正面。いかにも各停停車駅らしい地上駅の駅舎に少女が入る。ちょうど来た電車に飛び乗ると、車内に乗客はちらほら数える程度、誰も座っていないロングシートのまんなかへんに腰かける。たしかこの乗客は一駅しか乗らないはずだが。

車窓にはとくに目を向けず顔はうつむき加減に、足首のところで足を交差させる。シートに両手をついて、脇に置いた紙袋のなかを覗きこむ。何の変哲もない弁当らしい布の包み。父親のものだとわかる大きめの箸箱も見える。

……おーい箸くん箸さん、ねえ聞いて、社会の端っこで生きているあなたたちが本当は主人公なの。乗客のタヌキさんが尋ねました。「あんた方は電車でどちらへ?」。兄妹は相談して答えました。「シンジクのお父さんの会社まで」。いいえ嘘です。次で降りて市立図書館へ行くのです。「じゃあ僕ら、ここで『都会行きの特快』に乗り換えるのでさようなら」。編み笠に徳利一つのタヌキさんは嫌な顔して、「けっ、そらご苦労なこって。おいらはこのまま各停でフチューケーバセーモンマエまで乗って馬のレースさ」。

……ねえ聞いて、これは外つ国で古より伝わる話。そこではまだお伽噺や古い呪文が生きていて、吟遊詩人はモノに命を吹き入れることができた。かつて存在したイーハトーヴ国かもしれない。あなたたちはその町の工房で生まれたけれど、冷害と飢饉の年に身売りされ、数奇な運命をたどって現代の東京に、使い捨ての割り箸ばかりが幅をきかせるこの市へとやってきた。どこを歩いてもコンビニだらけの割り箸だらけで、塗り箸なんて端っこに追いやられてしまうような世の風潮。おーい箸くん箸さん、ああそれともチョップスティックス・ブラザーズ？少女が心中で発しただけか、もしくは小声でつぶやいてみせたかの、あわいにある空想上の会話。

「……ほら、京玉百貨店のビルの看板。城跡桜台の駅ね。ではいざ、現在のそなたたちの持ち主のもとへとお供仕(つかまつ)らむ。仕(つこ)うまつる」

降車した駅は高架駅なので階段を下りて改札に向かう。階段に一番近い停車車両のドア位置を知っている者。

繁華街はムシムシして気温が一度は高い。それだけでも興味を失わせるのに十分なように、どこか憂い顔の少女がそこを行く。仕事や買い物や塾や銀行にでも用事があってここを訪れる人々には背を向けて、車通りの多い大通りの交差点を渡ると、貧弱な街路樹がわずかに日陰をつくる歩道をまっすぐ進む。しだいに道路沿いの建物が低まり、普通の商店街といった景観となって、道の先に丘陵部の緑が見えてくる。

そこでやっと意識を取り戻したように、

「電車利用するタヌキって何の話？　もしかして今朝の夢にタヌキでも出てきたのか……何かそんな気がしてきた。それで夢から抜け出してきたっていうならお話としてつじつまも合うし。でもなあ、それだったら猫探偵と出会って電車で謎解きの旅に出たい」

どうせ叶うまい、と願うそばから嘆息する。

「あーあ、一駅乗って図書館一駅乗って団地、ただそれだけの受験生だなんて。箸さんたちもかわいそうに、市内を出ることさえできないんだ」

やがてそこに小さな川。この川の先で道はカーブしながら丘を上っている。橋の途中で風に吹かれでもしたか、背景が空以外何もない場所で少女がふと立ち止まる。身を屈め手元の荷物を探ると、次の瞬間いきなり何か川へと放る動作をし、そのまま逃げるように走っていってしまった。周囲に目撃者となる通行人はいない。

……おおーい、ほおーい、おーほーい。こだまが返事をするばかり。右を見ても左を見ても橋には人っ子一人見当たりません。ところがそこを覗いてみると、橋の下に箸くん箸さんの兄妹がいます。箸箱の舟で水面に浮かぶ二人は、流れに任せてこれから川を下ります。本流の巨多摩川との合流点はもう間近、橋の下から市内脱出とは思いつかなんだ、という物語。どんとはれ。

§

「もしもーし、ハシゴの上の司書様？」

「んん、お、なんだミオか。どうしたんだい、こっちの端のほうの棚まで来るなんて珍しいね」

「ううん、ちょっといろいろあって、調べごとしたいのもあるんだけど……、はいこれ、チョップスティックス」

ステップ式の脚立からのっそりと降りてくる父親を待ち、不満げに届け物を示す。

「ふうむ、かあさんがまたやってくれたか。こらあありがたい」

「でもやっぱり、お弁当自体を忘れてもらうほうがよかったな。それならもっと届け甲斐があるもの」

「勉強の調べもの？　まあ調べること自体も勉強のうちだけど。端末はじく？」

母親と同じように勉強のことを口にされてもなぜか腹が立たない。何となくする会話だが、学校の勉強とはちがう勉強のことをいっている雰囲気もある。

「今日は自分で適当に調べてみる――」

メモを片手に書架を巡る。棚の表示項目「918個人全集」「400自然科学」「289・1日本人の伝記」。本を手にとって内容に目を通し、またすぐ隣の本を開き……閲覧席にはすでに本が積み上がっている。

「多摩丘市立桜台図書館——」

正面入口の自動ドアと「定礎」、三階建ての壁面がなかなか厳めしい。建物を出て脇にまわったテラスのベンチで少女が一人弁当を広げる。箸はちゃんと自分用のがある。少し風が出てきている。

夏休み、図書館利用者はそれなりに多い。閲覧室の座席で本を前に過ごしていると、窓の外の空はすっかり夕色を示している。閉館は五時か六時か。真剣な顔で本を棚に戻す少女。

「京玉電鉄　城跡桜台駅——」

少女は帰路、駅連絡口の前を一度通り過ぎて商業施設らしい大きな建物に入っていく。七、八階建ての外壁と、暮れ出した駅前風景。店内通路を移動中、アンティークショップか雑貨店のような店（奥を見ると仕掛け時計や木馬や絵皿や帆船模型、西洋人形など置物多数、地球儀も並ぶところは「地球規模の品揃えの店」といえる？）の前を通りがかりに、店頭にディスプレイされた季節感のないドレス服に一瞬目を奪われる。自分のいま着ているものと色味の感じがだいぶよく似ている。ただし布の量が——襟にも肘あたりにも裾にもフリル、ところかまわずフリルがあしらってあって、つまり「フリフリのドレス」なのだが、ウエスト部分など四十センチくらいしかないように見える。小さな革のバッグを斜めに掛けて、やはり皮革製らしいかわいらしいブーツが足もとに置かれている。最後にチラリと目に留めたドレス単体の値札には、たぶん「78,000-」との数字。一万八千円ではなかった。

何階フロアまでエスカレーターを上ってきたか、本屋かと思えばレコード店に入る。どこかしら慣れない場所に来たように棚のあいだを移動する。ある棚の前に立ち、また軽く指をすべらせながらCDを選んでいくところ。と、次にはレコード店の袋と開けたCDのパッケージを前に、自宅の部屋の机に向かってヘッドホンで音楽に聴き入っているところ。やはり洋楽らしい白人女性の写真が載るそのジャケット――。

「バタン」

それだけは聞こえて振り向くと、姉が玄関でヒールのあるサンダルを脱ごうとしていることに気づいて驚いた。

「オ、ネエチャン?」

と、慌ててヘッドホンを外すが、何も一人でやましいことをしていたわけではなかった。

「今日だったんだ……まだお母さんも帰ってないけど」

「ただいまあ……ああそうなの、論文だって?」

およそ半月ぶりに見る姉の姿がまた何か一段と大人びて見えてくるのが不思議だ。女子大生。思わずそのボディーラインに見とれるように、全身をじっと眺めてしまう。

「やっぱりこっちは暑くて、私シャワー浴びるわね」

と、ほとんど上を脱ぎ出しながら洗面所に向かう。

「シャワー上がったら、一緒に夕飯の支度するんだよ」

「ええーっ」

それでまた一息に現実の世界へ。

団地の外は夜。屋根のある自転車置き場と、いつもの場所に停められた父親のホンダスクーター。

玄関に靴が四足以上脱いであって、ダイニングでは少女が一人参加しない家族の団らんがあって、自室の机のノートの端にどこかこの場に相応しくないような文字――「反抗」「事件」「脱出」――が書かれ、一夜が過ぎる。

「いってきまーす」

帽子は同じカンカン帽ながら、今日は襟なしのシャツにスカート姿で、足もとはやはり同じ。どこもおかしい点はないが、シャツとスカートの配色が、だいたいのところ前日と上下を逆転させたような組み合わせであった。団地から走って飛び出していった前日とくらべると、疲れているのか歩く姿が目立っていた。

昨日と同様に電車はガラガラなのに、ドアのガラスに額を押しつけて立つばかりにしている。昨日と変わらない一日であることを暗示するかのように、背後の死角になる位置のシートに陶製の信楽焼タヌキが一匹立ち、首をやや捻らせ常に焦点の合っていない目でずっと正面を見据えていた。

ホームに降りた少女は階段に向かいかけたが、ふらふらと自販機の隣にあるベンチに腰を下ろす。足首のところで足を交差させ、両手を座面につけ腕をつっぱって上体をうつむき加減にして、ひどく疲れた横顔。何かに気づき、ホームに立って電車を待つロングヘアーの女性の後ろ姿に目をやると、

「あっ……いい」

スタイルがいい、とさも感じたところをそのまま言葉にしている風。目の前のあの女性はきっと、ここで特快とか快速に乗り換えて都会方面に向かう客なのだ。

そうした単純明快な事実すら、ここではただの羨望よりも内向きに作用する、「自分との差」についての物思いを誘発させる。大学に通う姉も、正確には知らないがあのように電車を乗り換えてキャンパスに向かうのだろう。

少女が目を閉じて思い浮かべるのはしかし、女子大生たる現在の姉の私服姿よりも、その高校時代のセーラー服姿だった。母校の一宮高校のセーラー服。女性を乗せた電車がホームを発車したあと、同じベンチには制服姿の姉が座っている。私服の少女はまだ自らの進路を表明していないが、彼女はやはり伝統あるセーラー服に袖を通し、あの「スナップ式」ではない本物のリボンを結ぶ日のことを想像しているのか。内申点も学力もまだ相当足りていないだろう現実は、なるべく見ないようにして。

すでに図書館に来て、本を何冊も積み上げた閲覧席に座って何か書き物をしている。いつに

なく熱心に取り組むらしき肩と背中、その真剣なまなざし――。

・「丘の上なるサクラ台の閑静な住宅街。鎌倉時代は城山だったこと（歴史押さえる！）。だが『多摩丘の田園調布』の平穏な生活は、次々と起こる怪奇事件によって脅かされていく。目撃情報の報告とノイローゼ患者の増加……妖怪変化の類か？」

・「地元中学で新聞部に所属する少女は、事件記者になったつもりで単独で調べ始める。市立図書館の裏手で見かけた〈小サキ者〉を追ってサクラ台の住宅街へ。姿を見失ったあと、ふと入りこんだ児童公園に立つ兄妹の像。『きっとあなたたちね、私と同じように図書館で今度の事件のことを調べていたのは？』」

・「『あとほんの二分遅くても早くても、きっと校門であなたとすれちがうことはなかった』『見覚えがあるようなないような、昔知っていた誰かに似てるけれどそれが誰かが思い出せない。あなたの名前は×××』と、夢から覚める」

・「最近のY子の自然調査活動は度が過ぎている。ゴルフ場の開発とタヌキの生息域の関係。多摩丘動物公園の存在意義（Y子の否定的意見）。Y子『将来はきっと環境庁の官僚かユネスコ職員になって』どうのこうの。タヌキに化かされていることに気づかず、ニセモノの夢に向かって突き進む親友Y子を救いたいと願い――」

　ノートを見ると受験勉強ではなく、とにかく思いついたことを書き出していくというふうで、創作なら着想段階のメモといえそうなものだった。熱意のこもった文面に、何か始めたがっている気持ちだけは伝わってくる。

・「協力者との出会い。京玉線の車内で見かけた本物のタヌキ。その後を追って知らない駅で降り、夜の競馬場に足を踏み入れると、そこで目にすることになった狐狸大会議。『あいつらは毎月飽きもせず総会を開いちゃあ、気炎を吐いて夜を明かすだけなのさ』人語を解すはみ出し者のタヌキ談。タヌ坊の話から勢力関係などの内情を知る」

・「〇玉百貨店の看板、〇玉電鉄の案内表示、〇玉大学……誰もこれらのサイアクな書き換えに気づかないのはなぜ？　異変はさらに深刻さの度合いを増して――。

『どっどど　どどうど　どどうど　どどう』（タヌキ囃子とは何か……どう鳴るか調べる）。

夜の尾根幹道を、鎌倉街道を、野猿街道を、ニュータウン通りを進む妖怪たちの大行列」

夕まぐれの川沿いの道、夏だから六時台にはなっている。ちょうどあの箸を投げ入れるふりをした、青く塗られた橋が遠くのほうに見える。その日ももう図書館から帰る時間。

駅方面ではない道らしい。少女が黙々と歩くのは流れをさかのぼる方向、つまり水源の丘陵部へと近づいていく方向である。いかにも地元の川で、中学校のそばを流れていたのと同じ川だろう。

後ろから一台の自転車が自分を抜かしていくのを見て、

「……ユッコ！」

と思わず叫んで、自転車が止まったところへ走って近寄っていった。

公園のブランコにハンバーガー片手の原口悠紀子と並んで座る。

「……ふうーん、けっこう大変なんだねえ『居間出娘』も」

「そうなの。お盆はどうにか切り抜けられたけど、こんな夏休み終盤の中学三年生なんてさ、いろいろと精神的に揺れやすい時期でしょ（すぐにお腹も空くし……）？　それで親の一言一言についイラッときちゃうから、少し離れてたほうがいいこともある」

「ねえユッコ、そのー『反抗』っていうことだけどさ、いっちばーん最初はどうやったの？　どんなふうに？」

えっ、とクラスメートは虚を突かれた顔をして、すぐに顎に手をやって、はっはーんと目を細めてニヤついた顔で、ブランコごと近づいてきた。こちらは首をすくめる。

「キミシマミオちゃーん、あんたかわいい顔して、何を企んでるんでしょうねえ？」

「ひぃい怖い怖い、ちがうちがうの。いやユッコがどんなふうにね、そんな立派な覚悟を決めて、一人で夢と向き合ってるのかを知りたい、と思うのです」

「ええ、わたし？　別に夢なんて――」

と、話し出すまでにブランコが二度振り子運動する間があって、

「最初はそう、私が普通に市民教室に通っててね、あの桜台の住宅街でロータリーになってるとこ知ってる？　サークルの真ん中に一本大きなクリスマスツリーがある。あそこに素敵な

集会所があるんだけど、美術系のデッサン教室のことを知って密かに通ってたわけ――」

母親らしい手が模試の「E判定」が出ている合否判定の紙をテーブルに広げる。また父親らしい男性の口だけが動いて、その無理解な暴言を吐く。

「そんなの冗談じゃないのよ。まったく芸術分野に理解がなくて、先生のこと『女の裸を描いてる奴』って言ったの、信じられる？　昔は美大でも教えてたとってもいいおじいちゃんなのに。

あいつ、自分がスケベったらしい人間なだけなのに、世の中の常識を集めたみたいな顔をして。それで笑っちゃうのが、先生の名前を『ミヤザットム』ってまちがえて読んで、それも気にくわないの何の、名前が危ないっていうんだから」

少女が呆気にとられているうちに、クラスメートは地面に「宮座勤」と漢字を書いて、

「これ『ザ』じゃなくて、『ミヤクラットム』」

一瞬表情を曇らせ、少女はすぐさまそこに思い至る。何のことはない、あれは「ミヤクラケンジ」だったのか。そんな読みちがいに気づかずに、この数日私は少し浮き足立っていた？

「それで私、親の思い通りの高校なんかには行ってやるもんかって、最初は美術高校にしたかったんだけど、絶対無理だから『都立高校から美大進学を狙う』っていうのに切り替えて、私立はどこも受けないことにしたの」

「えっ、一宮だけを単願？」

強さに言葉を失う。相当危ない橋を渡ろうとしていて、橋がなくても渡ってしまいそうな意志の力を感じる。親友は一人でどんどん先に進んでいってしまう。話がつづく。

「その夜あいつが何言ったと思う？　『おまえがヌードモデルしてる噂が立つ前に教室やめろ』って、そういってくるの。もう我慢ならなくて、それからずっと部屋に撤退中。そうそう、よっぽど頭に来たから、あいつが棚の奥のほうに隠してたエロビデオをね、テーブルの上に置いといてやったのよ。あんたこそ女の裸に興味あるんでしょって。芸者か何か出てくるようなポルノ……『あげまん』ってタイトルのやつ」


少女がうつむいて音もなく団地の階段を上がってくる。

なぜか気落ちし魂が抜けてしまったような表情でドアを閉じ、溜息を吐く。居間のほうから両親の話す声が聞こえる。帰ったことに気づかれていないようで、そのままそっと玄関を上がる。

どうも彼女はだいぶ精神を疲弊させている様子だ。何をそんなにつらがることがあるのか――「たんがん」か「あげまん」かにショックでも受けたのか――、とにかく現実がつらい。どうか今日のところはそっとしておいてほしい。と、部屋に入ろうとしたところで、姉がその机に向かって座っていた。

「ちょっと何してんの、お姉ちゃん！」

「うわっ、……なあにミオ、あんた遅いじゃないの。もうみんな夕食済ませたわよ」
「勉強に行ったの！　それより人の机に座んないでくれる？」
はあーい、と一枚のルーズリーフをひらひらさせて姉が立ち上がる。その紙は。
「あんたがねえ、自分一人で受験勉強しようとしてるのは、家族はみんなエライとは思ってるのよ。本は誰にいわれなくてもたくさん読むし、お父さんが感心するくらい。それでさっきお母さんとも相談して、私が英語の家庭教師をしてあげることになったの。ここで生徒の帰りを待ってたのよ。そしたらこれでしょ？」
と、唐突に「替え歌カントリーロード」を歌い始める。
「コンクリ道路……つれてゆけ
故郷（さと）にある　あの丘へ
ウエスト東京　多摩丘シティ
つれてゆけ　コンクリ道路
なーんなのこれ、フフフッ」
少女がズカズカと歩いて両親の座るダイニングテーブルの前にやってきて、
「ダンッ……！」
と拳でビニールクロスのかかったテーブル面を叩く。その後ろから姉がやってきて、
「これってどういうことなのよ。訳詞にも何にもなってない」

とまた一節歌い出す。

「カントリークラブ……

テイク・ミー・ホール／18ホール

トゥ・プレイ・ゴルフ

アイム・ゴーイング

『ウエスト東京多摩丘ＣＣ』

テイク・ミー・ホール／18ホール

カントリークラブ……」

両親がいっそう目を丸くする。

「やめて……バカ！　お姉ちゃんが意地悪してくる！」

「あんたねえ、わたしは英語の勉強を見てあげようとしてるだけでしょう？」

「そんなの頼んでない……！」

姉妹は口を結びダイニングテーブルに向かい合って座る。だがさっきから姉はずっと伏し目をし、妹は横を向いて、正面から向き合わないようにしていた。話し合いが一段落したのか、

「英語のことはじゃあ……まずミオが自分の力で取り組むようにする。自学自習して、それでもわからない部分があった場合には、素直にその弱点を認めてミサキに教授してもらう。ミサキもそれでいいね？」

父親が結論めいたことをいって、

「かあさん、ちょっと麦茶いい？」

母親はそれをグラスに注ぎながら、

「あたしはね、ミオの特性からするとまだ十分よく能力を発揮していないと思うのよ。腰を据えて取り組めばこれからまだまだ伸びる。だけどちょっといまはほら『脱線』している部分もあるでしょ？　あんまりいろいろ手を伸ばしすぎて、つまり『回収』できなくなってるんだと思う。だから『本筋』からはなるべく外れないようにしていなきゃ……そう高校進学のことだけでも話しておかないと」

何かそこに怪しげに響く単語がある。脱線、回収、本筋。

「私は……！」

と少女が妙にきっぱりと口を開く。

「一宮を単願受験することに、今日決めた。ううんちがうの、例えば『私、自分の力を試そうって決めたんだ』」

すぐ姉が口を挟む。

「えっ併願しないで一宮一本？　ミオあんたいま偏差値いくつよ、現実わかってる？　現実じゃないって？　そういうことなら『そんなのはね、ただの現実逃避よ』！」

「だってお姉ちゃんだけセーラーなんてずるい。まだ夏なんだから、これからどうにかするよ！」

姉妹が一瞬目を見交わし、互いに「あれ？」と表情を変える。

「あんたの中学セーラー服、もう二年以上着てんじゃないセーラーを！　はああ呆れた、どうしたらそんな台詞が出てくんのかしらまったく」

「そんないまさら『本編』のこと持ち出さなくたっていいじゃない！」

二人の言い合いに、両親がまた目を丸くする。そちらの話題には踏みこまず、ある見地から父親が「真っ当に」意見を述べる。

「現実ってことをいうと、娘たちには本当に不自由をさせるけど、我が家ではなかなか……私立高校には行かせてやれる余裕はないんだ。だからミオ、都立高校を本命にしてくれるのはとてもありがたいことなんだけどね、その、ランクをあまり上げすぎるのは正直危ういと、お父さんは思う」

緊張か逡巡か吟味か、一瞬の間合い。

「じゃあいい、『私、高校なんて行かないから』。バイトとかして一人で生きてく」

「はあ!?」

「な」

「ええっ」

エンドロール。ただしこの終演とは到底思われない終演に、物語も終焉とはほど遠い状態のまま「投げ出された」ことは明らかであった。家族のうちまだ誰もそれが終わろうとしていることに気づかずにいるほど。

姉は自室に場所を移して話しかけてくる。ここでエンドロールが終わる前に、ひどく率直な物言いながら、現実を見据えてこっそり妹にエールを送る。

「あんた精一杯やりなさいよ。それでもし（一宮がダメで）滑り止めの私立に行くんでもね、お姉ちゃんが車購入を予定してた頭金分の貯金もあるから、きっとどうにかなるよ！」

「憧れの姉」とはそんな安請け合いまでするものだろうか。またダイニングテーブルのほうに戻ってくると、テーブルを挟んで人間の母親と見覚えのあるタヌキとが向かい合っている。母親は母親で姉よりさらに率直に、「あんたは物語作家を目指してるんでしょ。だってそう顔に書いてある、だいぶ前から気づいてたわよ。書いた作品の内容どうこうじゃなくて、物語を書こうとしてる物語の物語。ここで一度挫折したわけだけど、一番外側の物語はもちろんまだつづいてるんでしょ？」。

両の目元に四角く黒い縁取り模様のある日曜学者タヌキは、ルーズリーフの内容を吟味している様子であり、故郷ソングについて職業柄いろいろと助言を与えようとするらしい。古老のような語り口で、「もはや水に流せんとしたら火に頼るがよい。幸いここの藻草団地周辺はのぅ、その昔『火葬場』なぞという大層な名で呼ばれた土地で――」だのなんだの。

§

創作ノートのつづき――

・「妖怪たちの大行列、百鬼夜行の夜（多摩丘市内）。まやかしを恐れず〈小サキ者〉の言葉を信じて森の入口に立つ。と、その目に映ったのは妖怪ではなく、立派な毛並みに満月の光を浴びた一匹の狼だった。慌てふためくタヌ坊をよそに、少女は転校生の名前で彼に呼びかける。『青く白いその毛が何よりの証拠。それがあなたの本当の姿だったのね、絶滅したニホンサンガクオオカミ族の――』。

狼はタヌ坊の口を借り、この地を訪れた意味と協力の要請、『ペンは剣よりも強し』との言葉、種族を超えたヒロインへの想いを語る。タヌ坊『……だからこそ人間の力が必要だと悟った。そしてワタシのいまの姿を、どうか胸にとどめておいてほしい』少女『どうして……私はあなたたちが憎んでいる人間の一人なのに、そんなことできるわけがない！』タヌ坊『キミの作ったあの歌が多くの種族の心を解いてくれたんだ。ヤマイヌとドワーフたちは先に行った。もう時間がない、さあワタシの背中に乗るんだ！』。彼らが森を案内してくれ、主戦派タヌキたちへの最後の説得を試みる」

・「この夜の混乱に乗じて多くの種族が市内脱出を図る。化けられず飛べない動物たちは大人しく荷台へ。百台からなる電飾トラック集団――東京都庁や国会議事堂を目指そうとしたタヌキたちによるデモ集団は行き先を変え、妖怪行列はすべて元の運送会社のトラックに戻っていた。『ドライバーさんたちには悪いけどもう少し騙されたままで、日が昇る前に中央高速で東京を脱出して西の土地を目指してもらいます……Y子と親っさん、信じてくれてありがとう！』」

• 「そしてついに『二人の願い』は叶い、豊かな山野を求めて富士山麓エリアへの大移住計画成る。しかし野生か共生の道かはそれぞれが決めるべきことだ。小所帯でも多摩丘の地元に残る種族の者は残ったし、尾根線の一つで運よくモリブデンの鉱脈を見つけ『居座る』ことにしたドワーフ一家も。市内のゴルフ場も動物公園も変わりなく営業をつづける。しかし本当にあの夜何か事件は起きたのか――どの事実も新聞には載らず、学校新聞の記事にも書かれることはなかった。一人の転校生の存在は少女以外に誰も記憶していない」（完）

さてこれから書かれゆくべき故郷の物語と、母親のいう通り現実はまだまだつづくとして、娘である当人はこの「受験生の物語」の主人公たりえたのか――たとえ現実をはみ出してばかりいる劣等生だろうと、読者の前で真に正直に振る舞う人間だったなら、きっとそう呼ばれる資格はある。

ところでそれがどれだけひどい妄想か、彼女は姉妹で育ったから普段そんな下劣なことを口にする習慣はない。まして男子がいいそうな方面の事柄なんて、口にした途端に烙印を押され魔法は解けて、ジュブナイル（ヤングアダルト）に分類されるファンタジーの世界には留まっていられなくなるだろう。作中人物として内心ではもうすでにその兆候を感じ取っていたにしろ……「言わされる」彼女がかわいそう。しかし女子中学生にそうさせようとするとは、かの悪名高い一九九五年、もはや時代こそが品性を失っていたのである。

君島澪が受話器を片手に誰かと話している場面。

「ああ……うん、うん……はあ!? いま『HOTEL野猿』にいるって、あなたたち兄妹で？ ダ……ダメだよそんな、いやそのなんでダメって、そこは普通のホテルじゃないので、……えっと男女で入るところだから……ああ男女だけどね、そうだけど兄妹だときん、きん、近親相姦っていうのを疑われても知らないよ！」

また別の相手と話している。

「……うん、今度の土曜日に泊まってくるって親にいうよ。ううん勉強会って理由なら反対はされないと思う。えっ勉強以外にって……『あげまん』も観るの!? や、やだホントに、えーだってそれ……別にいいけど。うんわかった……うん、うん……じゃあまた電話するね」

小説家、ジブリを書こうとする
――「失敗から始める」翻案への道

（……はたしてそれはいかなる事態か。日本でもっとも有名な古典文学作品が、かつてある英国人によって「翻案」――とはいえ実際はその英訳の仕事を現代の日本人訳者があえて逐語的に和訳したのだから変則的な「翻訳の翻訳」――されてみると、かの偉大な原作はこんなふうに書き出されるのであった。原文はわずか八文字ばかりの「いづれの御時にか」だが、訳文「ある天皇の宮廷に（彼がいつの時代に生きていたのかはどうでもよい）、……」

――『ウェイリー版　源氏物語1』より訳文を引用）

素材へのヒント

数年前に二度行った「ジブリ映画の二次創作」という、アニメ『耳をすませば』をもとにした翻案小説二篇（本書収録）について、どういう料簡でそんな暴挙に踏み切ったのかはさておき、一経験者が実作中に直面した困難の数々を具体的に振り返ってみたい。

「私、高校には行かない。」(『文學界』2017年4月号)
「憧れの世界」(『文學界』2019年2月号)

まず小説の材料となるもの一般について、例えば「何を書くかではなく、どのように書くかが問題だ」という創作上の一理念をこの場での議論にまともに当てはめるとしたら、

「いかなる材料からでも小説を生み出すことは可能だ」

との答えさえ導き出されるはずだが、理想や理念としてもそんなことはかつて一度も考えたことがない。「何でも小説になる」という気分だけは保ったうえで、そこはごく単純に自分にとって思い入れのあるもの、面白さを「発見」したものを扱うことが肝要だと思う——あるときの筆者は、図書館の参考図書コーナーにあった「朝日新聞縮刷版」の一冊を何気なく手にし(閲覧席の席取りのためだったかもしれない)、ふとその十年ほど前の記事を拾い読みしてみたことがあった。過去の一ヵ月分の日々の紙面から例えば大項目「国土・人口」中の「気象」関連の話題(日本列島は実に多くの災害に見舞われる)だとか、大項目「社会」に起こった「事件・事故」の、中分類「犯罪」のうちの小項目「殺人」などとインデックスを手がかりに追っていくと、新聞特有の見出し文句を眺めるだけでもどういうわけか読み応えがあり当時の

社会動向に興味をそそられ、衝動に駆られるまま「一九九九年九月の記事見出しを読んでいくコラージュ風小説」を書いたのだった（短篇「ワンス・アポン・ア・タイム」、『このあいだ東京でね』所収）。いかに素材ありきの、素材頼りの創作態度であることか。

ただし素材自体の選定ということでいうと、執筆開始前後の土壇場で「……いや九月よりか同年七月か八月の記事を使えば、ノストラダムスの予言がらみのコンセプトを打ち出せるじゃないか」と気がついて色めき立ち、「一九九九年七の月」や「何事も起こらぬまま迎えた翌八月」の記事も少し読んでみたのだが、これが驚くことに何一つとして面白味を感じられずすぐにその月から撤退したのだった。素材との出会いには、このように微妙なる問題が含まれている。

素材素材とくり返すのも申し訳なく、題材・モチーフとすべきかとも思うけれど、結局体験としてどう出会うかも創作にとって意味があるのだろう。そのものに触れて浸りこむといった過程を経て、「これ面白いかも！」と漠然と感じるものが小説化するのに適していると考える。それはいわば外から小説（＝作者）の側に侵入してくるウィルスとでも考え、無自覚のまま感染し潜伏期間を経て発病へと至れば、書く体勢が整うのだ。

さらに自作例で恐縮なのだけれど……筆者は過去のある一時期、それまでずっと敬遠していたネット上の電子掲示板に読み耽っていたことがあった（「まちＢＢＳ」の土地建物版といった趣向の、「マンションコミュニティ」という不動産情報共有サイト）。当時は半年間ほど毎日八時間は掲示板を読む生活で、半ば作家を廃業しかかりつつも「作中の全文章が匿名のカキコミであるような『掲示板小説』」というのをやっとの思いで構想化するに至った（……だが多少とも「コンセプト意識」があれば半年も足踏みするものかといまにして思う。そして構想がそっくり実現したかはともかく、初めての「翻案的創作」である中篇「このあいだ東京でね」を書いた）。

「なんでこんなに面白いんだろう」

とまず感じたら、どこがどうだからと理由を突き止めるよりは、その興味が持続する状態こそが重要だろう。以上を踏まえると、素材を素材として対象化する必要さえなく、「侵されている」とか「浸っていられる」類のものが小説との相性がよさそうだ。筆者にとってそれが今回はアニメ『耳をすませば』だった――このとき、もっと考えることがある。

「どこ」なのか？

筆者が小説の構想段階で拠り所としているのは、まさにその小説にとっての拠り所であるような空間的広がりをイメージすることだ。これは単純に舞台となる場所＝ロケーションの魅力でもあるし、「ここの感じ（の面白さ）」を再現しようとする欲求そのもので、それが自ずと構造を持つようになるというか、自分のなかで醸成されそれなりの形をとるまでにいつもだいぶ苦労している気がする。

新聞記事による一般社会の過去のアーカイブにも、不動産購入検討者らの集う板（スレッド）が織り成す都市的風景にも、そのような言説空間がときとして「場所の面白さ」に通じることがある。構造的な部分を含めて「そこ」をどう伝えるか——どう写し取るか。

またこうした意味で、素材には過度に注目してみてもコンセプトなどは無きに等しいような、いわば内容に振り回されてばかりの散文的発想で小説を書いていることになるだろうか。——ここでもう一度、創作上の理念として冒頭で触れた「何を書くかではなく、どのように書くかが問題だ」との命題を振り返ると、その文言にほんの少し変更を加えてみたくなる。すなわち、

・「何を書くか『だけ』ではなく、どのように書『ける』かが問題だ」

題材派か手法派かといった二者択一ではなく、どちらに軸足を置くにしろ、もしくはそれらを両輪にするとしても、とにかくいかにして小説が外部の現実を取り扱いうるかに最大の注意を向けることが実践的に有効なのではないか。

ところでジブリアニメで多摩をモデル地としている作品に、ニュータウン建設に反対する先住族たちの抵抗を描いた『平成狸合戦ぽんぽこ』（高畑勲原作・脚本・監督）がある。個人的にはあの作品こそアニメらしいアニメだと感じていて、擬人化された狸の多彩なキャラクター造形とか変態する際の動的描写、再興した化学（ばけがく）による巨大妖怪たちの百鬼夜行シーンに宝船の「死出の旅」の情景と、純粋に絵と動きの迫力を楽しむように見とれてしまう。

ただし同作品の風景についていえば、一を描いて十が伝わるような喚起力、土地への想像力を掻き立ててくれるものが少ない。映画のラスト付近で団地のただ中に突如幻視される里山の田園風景など、むしろ作中の住人が昔を恋しがって喜ぶという演出だったと思うが（記憶を頼りにこれを書いているので誤解があったらお許しいただきたい）、筆者には取ってつけたような自然回帰のメッセージとしか受け取れなかった。少なくとも『となりのトトロ』がある時代の農村での暮らしを豊かに描き、知らないはずの武蔵野の風景を懐かしく感じさせるのとは異なっていた。

実際のところ筆者が現実の地図に何度も手を伸ばし、多摩ニュータウンでの暮らしに思いを馳せたのは、同地の「建設後」を舞台とした『耳をすませば』のほうだった。そしてどう説明すべきか、ファンなのに（しかも「空間が拠り所」のはずなのに）いまだかつてモデル地の聖蹟桜ヶ丘駅周辺を実際に訪れたことがない――習い性でもあるこの「現地取材したくない」気持ちは、きっと自前の想像力との兼ね合いで生じる臆病さだろうと思う。

アニメ作品の個人的な好みの問題ではなく、誠に勝手ながら小説として翻案化が可能かどうかという点で、そこを舞台に何か自分が書き出せるかを基準にジブリの名作映画を振り返ってみた場合、条件に適うのは住宅都市や多摩丘陵を身近に感じさせてくれるその一作「だけだ」とは、ごく簡単に割り出すことができた。そもそも筆者の力量からして、他には検討するのも気が退けるくらい遠い世界を描いた話ばかりだった。かたや同作は九〇年代という同時代を生きた現代日本が舞台で、モデル地へは新宿から京王線で一時間とかからない。実感をそのまま言葉にすると、そこに「つけ入る隙があった」（！）ということになる。

こうして「一作目」の翻案、中篇「私、高校には行かない。」を書き始めようとし……書き出しでつまずいたのだった。

三人称観客視点（「私、高校には行かない。」の失敗1）

書き出しに悩むときは悩むものだ。そのつまずきぶりを、あるいは「どう書き出したか」を直接記述するのは難しいが――思考過程をなるべくそのまま伝えられたらとも思うのだが――、とにかく結果としてあのような怪しげなものをひねり出すことだけはできたのだった。しかし本当にあれが「翻案化」に必要な措置だったかどうか、正直自分ではもはや判断がつかない。まずあんな一行を冒頭に書いたらきっと無傷では済まず、原作ファンの反感を買うか幻滅されるかよくて失笑されるかだが、できたことはできたのである。一行目の問題――この点についてはまた少し先で触れたい。

本作テーマソングの英語原曲『Take Me Home, Country Roads』が流れる冒頭シーンを思い出してもらいたい。夏の宵時にコンビニまで「牛乳一本」を買いに出たヒロインの中三少女の存在はもちろん、どことなく各停停車駅めいた駅前の雑踏（駅ホーム端の踏切と京王線の車両）の様子にも、コンビニから団地に向かう場面にも、何のほのめかしも謎もないありふれた日常を描いた映画の導入部だった。

「つけ入る隙があった」のだからさっそくここから始めるべきだろう。というより、他の選択肢がまるで頭になかったというのが実情で、ファン心理の恐ろしいところでもある。オープニングロール中の夜景を含め、導入部のまちなかの点景すら「何一つ外せない」必須要素だと感じられてしまうファンの感覚（ちなみに冒頭の夜景パノラマは『ぽんぽこ』のエンドロールと同一の眺め）。またいつもであれば「テクスト」を相手にしているところ今回は映像作品であり、予めすぐ目の前に描写すべきものが場面として用意されているのもそうそうない経験だ。そこで自分の使命としては、とにかく映像の雰囲気をそっくり文章に写し取ることだろうと、頭からそう信じこんでいた。

観たままを描きたい——こんな映像的・再現的描写というものと、いわゆる神の視点で書かれた三人称小説の文章とは似て非なるものだ。ごく単純な事実ながら、いい加減な性格だと書き出す段階になって慌てて悩み始めるわけである。今回はほとんど痛感させられたといっていい。

仮にいま冒頭のみ「観たまま」を文章化してみると、映像的描写とは次のような文章のことだろうか（タイトルバック、オープニングロールで映る夜景シーンはとりあえず省略）。

・作例——夜の繁華街の一角、店舗入口の自動ドアが開いて一人の少女がコンビニから出てきた。夏らしいTシャツと短パン姿で、片手に小さなレジ袋を提げている。路上に人通りは多く（まだ夜も早い時間帯のようで、勤め帰りだろう）半袖ワイシャツの男性やスーツの女性がちらほら、前照灯をつけた「東京無線」の黄色いタクシーがそばを通りかかる。素足にサンダルをつっかけた軽装の少女は、何気ない足取りで街灯に照らされた通りを進み、車道を渡って向かいの細い道へと入っていく。……

密度のわりに情報量は少なく、また映像にこだわるなら丸括弧でくくった推測的内容すら本来は入れられないのではないか。こんな描写に接すると、場面を再現しようと懸命に言葉を重ねているようで（実際そうなのだが）、どうにも不自由だと感じてしまう。

アニメでも映画でも、映像表現をそのまま文章で再現しようとするとあまりに負担が大きすぎる。成功している数少ない例は知っているが（映像的ということなら、例えば阿部和重「公爵夫人邸の午後のパーティー」とか？）、書くほうも読むほうも負担であるためきっと失敗しやすいのである。

映像に負け、再現度の高いリアルな文章を諦めたあとで、さらにどういうわけかなるべく描写をせずに済ませたいとの思惑が生じてきた。風景を求めつつも「風景描写」は極力したくない——何かそういうテイストの小説は書けないものか。いろいろ検討した末、実際に筆者が書いた「二行目」の文章は、以下のようないかにも簡素なものとなった。

いくら季節が夏だとはいえ、もう外は「とっぷりと日が暮れた」時刻。……

本作アニメと同じく三人称は三人称で客観描写であり、かつ説明的文章も「一観客である著者の多少の価値判断を伴う意見」程度のものは入れることになりそうだと予想がついた。神の視点ではなくいわば窃視者的視点であり、語り＝叙述の主体による作品世界への介入度としたらほんの中程度の、思えば筆者がよく採用しがちな書き方でもある。客観ではなく観客なのだ。だがこうしてみると、こちらでは行動面の制御はおろか近づくことさえできそうにない少女という存在を描くにふさわしいスタイルではないか。

それが書くまでの当初の方針であり、また冒頭シーンに戻る。そこで観客としてコンビニ帰りの少女を追いかけることになるのだが——しかしなぜこうも映画冒頭では移動する人間が描かれがちなのだろう——、動く姿を見ていて、映像だとそれだけで楽しめるのに、まさにこの「何のほのめかしも謎もないありふれた日常」には窃視すべき何ものもない！

女子中学生の内面（同作失敗2）

どうもこのアニメのヒロインはあまりに健やかで行動に迷いがない——少なくとも物語中盤までは。団地に帰ってからの日常場面を先取りして考え合わせても、家庭で両親と何でも話すような屈託のない本好きの中学三年生だ。きっとその朗らかさの一つ一つの描写がファンの心を摑むし、画面を通して見る姿はいつもいきいきとしている。毎度お馴染みの「ジブリが描く少女キャラ」であることは確実だ。そこはまちがいなく作品の美点であるわけだが。

こうした性格のアニメキャラクターを前に、いきなり創作上の困難を覚える。少女を「捕捉しえない」存在のまま描きたいが、こうも健気な感じだと小説の主要人物として捉えどころがない。きっとそこに罠があって、どうしても近づけないと断念した結果、さっそく書き出しから自分なりにキャラクターを翻案する必要が生じたのだ。

本好きの妄想癖のある少女として、心理描写というより妄想の一部が外に投げ出されるような形で内心の声をふと漏らす、そんな等身大の（？）中学生を画面の向こうに見る。ここまできてやっと以下のように一行目＋二行目を書き出した。

こんな時間に娘を一人で家から出すなんて、途中で誰か男にレイプでもされたらどうするの。

いくら季節が夏だとはいえ、もう外は「とっぷりと日が暮れた」時刻。……

作品に潜りこみたいあまりそこに窃視者視点なるものを導入し、何とも都合よく自分の位置を確保しようとしてしまった――のかもしれない。

書き出しがその小説の基調を決定してもおかしくはなく、これでもう後戻りはできないと悟った。一行目からどんなにか気負って強い手札を切ってしまったことだろう。小説の作中人物の造形として人間味を出そうとした挙げ句、よりにもよって性的妄想めいたものが滲み出す結果になろうとは、まるである方面の二次創作的想像力を地でいくものになっているではないか（そうではないと思いたいところだが、窃視者に視姦者的側面がないとは言い切れない）。

その後原稿用紙にして十枚は費やした妄想的内容では、自分なりの女子中学生像に迫ろうと彼女の内面に焦点を合わせることになり、図らずも母親への反発と「白い液体」についてのこだわりを書いてしまった。アニメ内では明らかに生活感や健全さに通じる飲み物――家族では育ち盛りの少女しか牛乳を飲まない――であったはずが、どうしようもない翻案の道に足を踏み入れていた。

そもそもの方針が、小説めいた通例の一人称や三人称一視点ではアニメらしさが減衰しかねないと、視点だけは外側に置いていたわけだった。アニメでも映画でも登場人物の心情は当然ながら相対化する（外面的に示される）必要がある。さらに白状すると「女子中学生の内面なんてまともに描けるわけがない！」との思いから、何とか心理描写から逃れる道を探ってきたのだ。それがどうした弾みか反動か、少女の自意識を無闇と前景化させようとしてしまうのである。

ここで一つの仮説が導入される。第二次性徴期真っ直中にある中学三年生らの健全さを問題とするなら、性に関する興味も含めて考えなければ嘘になる。そこが男女共学の公立中の三年生クラスであることを念頭に、教室内で誰かに「白い液体」と発言させてみてほしい。結果、一部の男子生徒が騒ぎ立てる程度でその場は収まったかもしれないが、「想像を逞しくする」性的妄想の内容に男女間でどれだけ差があったろうか。たいして差がない（！）――この大まかな予測のもと、「女子中学生も男子中学生と同等レベルの幻想を生きている」との仮説を立てると、俄然筆者にも女子生徒の内面が書けそうな気持ちになってきたのである（ひどい発想だとは思うが、「耳を澄まさずとも自然と耳年増にされてしまう」女子中学生という設定にした）。

地の文で何でも書こうとしてしまう（同作失敗3）

書けそうだという気持ちが、それはそれで下手な語りを招き寄せてしまうことには注意すべきだ。小説序盤のこのあたりで、少女が団地に帰るまでの道中、アニメ本篇をよそに筆者はどれだけだらだらと人物設定や舞台背景について本文中で語ってしまったことか。あまりにそうした「語りによる処理」を急いだ点を反省し、本書収録バージョンでは雑誌掲載時のものに多少手を加え書き換えてもいる（「一生徒として――」「素顔は――」などとある部分）。語りは程々に展開を追うべきだったか、ここがやはり難しいところで、過度に語るまいとするとヒロインの名前すらなかなか紹介できず、つい解説を先行させるような結果となった。解説先行例はほかにも多々あるが、次の箇所を読み返してみてその点をとくに痛感。目にあまる「解説文ぶり」に思わず語り手として修正してしまった。

（修正前）……舞台は現代、主人公は嘆かわしくも受験生の身だったが、彼女はこの日の夜を境に、持ち前の空想癖なども手伝って「受験生の日常」からしばし逸脱することになる。

（修正後）……そして舞台は現代、この主人公は嘆かわしくも受験生の身で、そんな自由のままならない境遇ならば現実に縛られてもしかたがないが、最終的には持ち前の空想癖なども手伝って、彼女はありふれた受験生の日常から「しばしお出かけ」することもあった。はみ出すこと、逸脱すること。それが物語の力だった。

この本文の甘さたるや、早々に映像表現に対して敗北宣言しているようなものではないか。また語り手がこんな姿勢で修正しようとする――しかし筋の悪さを自覚しながらもはや修正で対応できるレベルではなく、「語りの問題」についてはできれば後述する二作目のほうでどうにか解消したい（小説執筆時点では「二回目」があるとは想像もしていなかったが……）。

とにかく設定内容を盛りこんだ団子状態の冒頭部分を忸怩（じくじ）たる思いで読み返し、166頁でようやく本篇に戻る——コンビニから少女が出てくる。

ここでとくに悩むところがあるとしたら現実社会との距離感について、例えば地名や駅名等の固有名詞をどうするか。大したことではなさそうで、作品の舞台に風情を感じるファンにとっては問題であり、爽やかさや清心さは完全に捨て去っても土地への愛着にはこだわりたい。

アニメの映像から自然と読み取れる土地の様子をどう表現するか——あちらでは、映画冒頭のタイトルバックの時点からもう作品舞台の土地に導かれる。夜景パノラマの地平線に小さく新宿副都心と思しき高層ビル群が遠望され、多摩川と鉄橋を見下ろすアングルから高架式の鉄道駅（モデルは京王線の聖蹟桜ヶ丘駅）周辺の繁華な街並みへと移り、カメラが歩行者目線の地上に下りると今度はいかにも各停停車駅（隣の駅？）めいた駅舎と踏切と電車が認められ、やがて駅前の帰宅者らしき雑踏のなかファミリーマート前で主人公の姿をとらえる。

少女のキャラクターと自意識を示すところから小説を始めたので、団地に帰るまでに歩行者レベルあるいは窃視者視点からこうした地理情報を盛りこむべきだと思うのだが、駅前の光景から半ば強引に「新宿と多摩丘地区を結ぶ京玉電鉄の車両が踏切を通過する」とか「東京西郊のベッドタウン」と書いたりはできたものの、多摩川の存在となると上空からしか見ることはできない。

ここで思う、映画冒頭で映る多摩川のことを諦めたくない。東京を流れる多摩川は現実に多摩市と府中市の市境となっているが、きっとここは作品の世界観にも大きく関わってくるところで、ヒロインがこの川を越境せず「一市内で完結する」のが、他のジブリ作品と大きく異なる特徴なのだ。だから他作品の異郷訪問譚で風景と対峙することと本作でのそれとでは意味が異なる。その土地で育った一人の中学生が、故郷としてのニュータウンに改めて新しい風景を発見する物語なのである（アニメ中の台詞としたら、「すごい坂……、どこまでのぼるのかしら」「丘の上にこんなところがあるなんて知らなかった」「わあっ、図書館の真上」）。

　スタジオジブリ制作陣の、本作におけるロケーション・ハンティングの絶妙さはもっと注目されてよい。多摩ニュータウンのなかでも北辺の多摩川沿いを舞台のモデル地とし、別沿線（京王相模原線）の京王多摩センター駅とか南大沢駅などの界隈には近づこうとしないあたり――『ぽんぽこ』で現代の風景として描かれるのがむしろそちら側だったはずだ。翻案小説を目論む者としてはこうした側面にも光を当てていきたい。

　川一本隔てた向こうは競馬場も刑務所も東芝工場もある府中市で、新宿側のそちらから鉄橋を渡って下り電車がやってくる。

　あそこはどんなまちだろう――駅前に出るとやはり現地一帯の案内地図があり、駅の切符売り場の路線案内図からでも少しは事情が明らかになる。新宿からの下り電車は、市外となる川向こうから鉄橋を渡ってくる。この大きな川、巨多摩（こだま）川のこちら側に多摩丘ニュータウンが広がる。

やっとの思いで現実要素を加味したが（初出時はここも「団子状態」だったので多少直した）、物語なので固有名詞は少しだけ変わる。地名からすると、新宿のように舞台から遠い土地こそむしろ広い世間たる現実に接近し、近い土地ほど現実味が弱まるためぼんやり歪んで見える。耳すま用語でいえばイバラード式に、「遠いものは大きく近いものは小さく見えるだけのこと」なのである。

東京は東京であり新宿は新宿なのだが、ここは多摩丘市内。そしていま、あのどこへ行っても同じ看板を目にするありふれた「コンビニ＝世間そのもの」から団地へと帰るシーンを描こうとして、どういうわけかたった一行しか書いていないことに気づく。

看板と店舗外装のこの配色、全国チェーンのコンビニから出てきた少女はレジ袋を下げている。

何でも書こうとしてしまったがゆえに冒頭から9頁分を費やして、「コンビニ〜団地」シーンとしてはこの1カットのみ、次の行で場面はいきなり団地の自宅内に移る。やはりこれではアニメの内容面を書いていない、書けていないということになりそうだ。

偶然の使用――天沢聖司の問題

戸外に身を置き妄想を重ねるあいだも、自宅内で両親と接する帰宅後の日常も、こちらの作中人物はあたかも場面描写を拒否するように不機嫌に口をつぐみ、「中学生の下の娘」という立場から家族への不満や心の鬱屈をベタベタと地の文のなかで披瀝する。そして勢い、本文は家族それぞれの現況やプロフィール内容などに向かってしまう――アニメの窃視者たる自覚が足りなかったのだ。

ここは早急に場面を回復する必要があるといまさら判断し、本書166~168頁あたりに初出時にはなかった両親の会話を入れた。壁のカレンダーに赤字で「合宿」とあって不在の理由を匂わせつつ、会話内ではおもむろにその場にいない大学生の姉のことが話題に出る。加えて父母の話しぶりから少女にとっての「居心地の悪い」家庭の雰囲気を出そうとした。

初出時はここをたんなる地の文として、「一方の『しっかり者の姉』は大学に入ってますます活動的な日々を送り、いまよりさらに行動範囲を広げたがっているかのように、この夏に運転免許を取得しようと自動車学校の合宿に参加している」などとベッタリ書いてしまっていた(明らかな失敗なので削除した)。

アニメが「ベッタリ」していていいはずがない。いまさらながらそこを反省して場面作りを意識するところなど、筆者にとってはアニメの効用といっていい部分かもしれない。ただし一からシナリオを書くわけではないという立場にはあやふやなところがある。世界観や設定、キャラクターや道具立てを借りて小説を書いていくわけで、当然そこに話の筋も付随してくる。

アニメ本篇にどこまで寄り添うべきなのかと、今後の展開の見通しを立てようとしていたときだったか――「ストーリーラインを構築する」とか「プロットを組み立てる」といった作業は普段まったくしない質なのでこれも一種の進歩だろう――、ある不安と絶望のうちに「天沢聖司は存在しえない」と呆気なくそんな重大な結論に達し、あまりにも簡単に少年と出会わせることを諦めたのだった。小説は早くも大きな転換点を迎えた。

アニメではこの直後、ヒロインが図書館から借りていた三冊もの本の貸出カードに同じ名前を発見し二人の出会いが予告されるわけだが、実際に彼らを出会わせるまでにどれだけの手当てが必要となるか、シナリオ上の展開を追っていけば自ずと明らかなように、目の眩むような奇跡の連続を演出しなければならないのだ(しかもこっちはまともに恋愛を描いたことがない書き手なんだぞ?)。

戦略上の失敗は失敗なのだが、「天沢問題」については考え出すと彼の人間性にさえ疑問符が付きかねない――「ジブリ人気男性キャラベスト3」にランクインしながら、稀代の策謀家からストーカー説まで囁かれる――ため、それを根本から回避するという選択をした。したがって本作中で名前との出会いを書くためには、「天沢聖司……どんな人だろう、ステキな人かしら……」ではなく、以下の台詞が必要になる。「私の前に借りてたこの人、宮座賢司だって。ミヤザケンジ、ミヤザケンジってすごい響きの名前……どんな感じの人だろう？」。

ここで小説の作中人物が手にしているのは、アニメに描かれた市立図書館の紙の貸出カードではなく学校図書室の生徒用のそれで、貸出手続きをし忘れたために手元に残ったカードである。そこにふと妙な生徒の名前を見つけて気になるヒロイン。

本来は公共図書館の本であってこそ、同じ学校に通う同学年同士の出会いがまったく奇跡的に映るのであって、学校図書のカードに運命の人の名前を見つけたというのではだいぶスケールが落ちる（おまけに宮座賢司はいっさい未登場）。しかしその点を考慮しても、小説内で市立図書館を出会いの舞台にすることができなかった。理由はいくつかある。原作の「紙のカードが手元に残る」貸出方式というのがどうしても納得できないのがまず一つ。また九五年当時としても東京都内のニュータウンの図書館がバーコード方式でないとは信じがたい（しかもフルネームで管理？）という現実目線も働くが、それらはあくまでリアリティーの範疇の問題だとして、何よりそこを出発点とする「偶然とニアミスの物語」に恐れをなした結果である。アニメの観客には事情は明らかだろうが、少し話を整理したい。

アニメ『耳をすませば』における一つの大きな偶然は、市立図書館でお互いに同じ本を何冊も借りていたことだった（ここで館内の棚の前でのボーイミーツガールが実現してはさすがに安易すぎるだろう）。名前に気づいた翌日、今度は学校図書室で「天澤印」の押された寄贈本を借り、当の本を介して偶然ベンチで二人が顔を合わせる（「ほらよ、月島雫」「名前どうして……」「さてどうしてでしょう?」「あっ、（学校図書館の）図書カード」）。さらにその翌日、市立図書館へ向かう電車内で偶然見かけた大型の猫の後をつけ、図書館先の丘の上の住宅街にある骨董屋に導かれる、という一連の偶然的事態が生じる。そこが天沢聖司の祖父が経営する店であり、ヒロインが帰りがけに忘れた弁当を張本人たる孫が図書館まで届けにきてくれる、そんな天沢づいた三日間。しかしこれもいわばニアミスで終わるのである（さらにその後は学校内での「名前半歩手前」のニアミス、骨董店地球屋前での空振りなども。しかもこの時点でもまだ名前の人物が同級生であることすら判明していない。ここまで手当てしてこそ「奇跡」を成立させられる）。

柊あおいの少女漫画を原作とするアニメが恋愛をどう描こうと、それでまったく画になっているからには何ら問題はないのだが、自分がそこを舞台に小説を書くとなると話は別で、一定の水準で偶然とニアミスを掛け合わせたストーリーを描き直せるとは到底思われない。まだこれからという出発時点でそうした絶望を覚えつつ、さらにアニメの物語後半、学校屋上で天沢聖司がヒロインに伝えるあの「告白」内容を知ったときには、やはり観客として慄然とさせられる。彼はずっと前からヒロインに気があり彼女が読みそうな物語の本に狙いをつけて先に借り、貸出カード上で自分の名前をアピールしていたというのだから、名前の件については半ば仕組まれた偶然だったのである。

しかし、密かに片思いするいじましくも純情な恥ずかしがり屋かと思えば、ヒロインの前では一見余裕たっぷりのスカした態度をとる、当初はヒロインから見て敵対的人物でさえあったのだ。ニアミス時、気になる女子の座っていた直後に（偶然？）同じベンチに座って忘れ物の本に目を通し、見つかると素っ気なく「あんた」とか「お前」呼ばわりをするところなどどうか——ああいうものを男の強がりとか不器用で許してしまっていいのだろうか。その子がひょっこり祖父の店にやって来ても一切動じた顔を見せず、もの珍しげに「へぇ、月島かぁ……」という（珍しいおやつとして「月餅」でも眺めるみたいに。ちなみにその後店舗の地下工房にて替え歌テーマソングでセッションする）、そんな「バイオリン職人志望」で「イタリア留学を目指す」中学三年生がこの世に存在するのか？

それをストーリーに乗せて存在させてしまうアニメがただただ凄いというわけだが、まず書けやしない。

結論「もっと人と風景を！」

内容の検討が長くなってしまったが、初めてアニメの翻案小説というものに挑戦し本家本元の魅力をシナリオレベルから再確認しながらも、本当にいろいろと失敗していたと痛感する。失敗の痕跡は多々あるが、何より登場人物が少なすぎるのが致命的である。肝心の恋の相手役も、老賢者ともいうべき「地球屋主人」も、純真な人間に寄り添ってくれるさすらい者の猫(および男爵)も、ヒロインの日常に大きな変化をもたらすそれらのキャラクターたちをまるで登場させることができなかった。

短めの中篇「私、高校には行かない。」では、ストーリーとしてもずっと平坦なままで終わる。主人公が追いこまれたり危機に陥ったりし、失意の状態から自分を見つめ直し殻を破って意思的行動を起こす、といったあたりの展開もほぼなかった(「山なしオチなし意味なし」という、やおい系のことをつい考えてしまう……)。実際に書けたのは同性の友人との二者関係だけで、進路上で先に進んで行く友人の姿を見て落ちこみ、焦燥感から少女が物語を書き出そうとする話になった。この凡庸な短絡ぶりといったらない――ちなみに「文春ジブリ文庫」の一冊で、映画一本をまるごとフルカラー漫画にした『シネマ・コミック9 耳をすませば』の頁数でいうと、55〜399頁の内容を省いたことになる(56頁目でベンチに腰かける天沢聖司の登場、400頁目に主人公の「いいわよ 高校なんか行かないから!」発言が描かれる)。

受験生の一時の気の迷いから小説中の少女は家族の前で「私、高校なんて行かないから」とのたまう。家族に対する反発や違和感も手伝って、中学生の内面のドラマという形でのみ物語を進行させていた(あるいは「ぽんぽこ風味」の土地の記憶が作品世界に影を落とす、という副次的なテーマ設定もあったにしろ、作中での「たんたんタヌキの××××」「○玉電鉄」とはさすがにひどい)。

そしてもっとも肝要な部分、人物を「アニメキャラクターとして描く」こと——内省するよりも先にとにかく台詞を吐き、言葉でも仕草でも表情でも外面に表れる形で自己の感情を伝え、作品舞台の風景の中で青春を生きる姿を見せてくれる。ヒロインらをそんな存在として描くことに失敗していた。それではアニメを翻案する意味がないのだ。

その点が失敗だ——解説タイトルでも「失敗から始める」と銘打ちはしたもののここではっきり主張したいのは、未完成だから失敗なのではなく、最終的に小さくまとまる形で完結させてしまったことが失敗だった。原稿用紙百枚ほどの旅は、まったく尻すぼみで唐突なエンドロールを迎える。何を思ったか、小説の最終盤に至ってこんな余計な一文を書き加える。「しかし女子中学生にそうさせようとするとは、かの悪名高い一九九五年、もはや時代こそが品性を失っていたのである」。

ところでそれがどれだけひどい妄想か、彼女は姉妹で育ったから普段そんな下劣なことを口にする習慣はない。まして男子がいいそうな方面の事柄なんて、口にした途端に烙印を押され魔法は解けて、ジュブナイル（ヤングアダルト）に分類されるファンタジーの世界には留まっていられなくなるだろう。作中人物として内心ではもうすでにその兆候を感じ取っていたにしろ……「言わされる」彼女がかわいそう。

無理にメタっぽいことをしなくていい。どうしてもアニメに近づくことができず、ただちょっかいを出すように反動的態度を取ってしまう書き手の心理が透けて見える。自分で翻案をしておきながら、まるで見当ちがいの場所にたどり着いたことが大いに不満で悔しかった。

これを中年作家の突飛な行動で終わらせないためにはどうしたらいいか、「誤った解答例」としての小説本文の引用などを通じて内容を検討してきたものの――その意味で価値のない失敗作ではなかったのだが――、あくまで部分的な修正の可能性を探るのに終始していた。構造的な欠陥となると直せるものではないし、たとえアナクロニズムな方法であってもここはやはり、また同じ場所に帰るよりほかに方法はないのではないか。望郷の念とも憧憬ともつかない思いで「もっと風景を」と願う――下劣さなどはそれによってはね除けてしまえるような風景を。

この期に及んで自分のうちでの本作アニメ最大の魅力というものに気づくのだが、それが作品世界側に再び飛びこませようと誘いかけてくる。端的にいって、自宅から出かける場面がこれほどくり返される映画を他に知らない。これから出かけるというシーンに出会うたび、なぜか何度目に家を出るところだったかをいつも忘れて見とれてしまう。あとから思い返しても回数をうまくカウントできない（いま『シネマ・コミック』を用いて本気で数えてみたが、名前の人物に行き当たるまでの前半だけで五回。また帰宅シーンはその「地下工房セッション」後まででやはり五回）。全体を包括的にとらえようとするような欲求に作品自体が抵抗している。

おそらくは同一市内での一つながりの物語ながら、移動の経路からしてもほどよく複雑で、風景と物語とが有機的に連関する様をそこに見、シナリオ全体を線形的に把握しづらいということが、どうあってもこれは作品の魅力なのである。

内容的にも構造的にも、絶対にあそこには豊かな鉱脈が眠っている。九五年というベタな設定を作中でもっと強調してもよかったし、一つの翻案上のアイデアでもあった。またせっかくの機会なのでテイストとしてほんの少しジュブナイル感も。さらに難点としての「貸出カード問題」や「天沢問題」を持ち越して、ではそろそろ二回目の翻案へと飛びこんで行こう。「出かけるアニメ」に出かけるのだ。きっとあの声がお供してくれる。「いざ、お供つかまつらん」「恐れることはない……（中略）……飛ぼう、上昇気流をつかむのだ！」。

自意識の表現（「憧れの世界」）

ここでまた一つ、創作に取りかかるうえで問題といえば問題となりそうな障害がはっきりと見えている。同じアニメ作品で二度も翻案小説を書こうとは、さすがに内容面からしても書きにくいのではないかというもっともな考え（現実レベルでも白眼視から呆れ顔までいろんな反応が……）。しかし実感としては一度経験してみていくつか難点も見えてきたし、翻案を翻案するように前作を書き換える修正意識をもって書ける利点が大きい。また失敗が糧になったとは何ということもない感慨ながら、それによって書き方は確実に変わる。小説の書き出しはこうだった。

新宿副都心の高層ビル群は、ここからではだいぶ遠方の、地平線上に見える小さな黒いシルエットだ。

映画冒頭の夜景パノラマはぜひとも書きたいところなのだが、客観視点でベッタリと風景描写をしたくはない。また前回のようにヒロインの自意識を表現するかしないかについて同じように悩みつつ、まずは彼女に半ば視点を明け渡して風景と対峙させる。

主観が入り混じるが、どうにかして自意識自体を客体としてとらえるような書き方ができないかと考え、まるで彼女が臨床心理学などの分野で研究される「自我体験(=私はなぜ他の誰でもなくこの私なのかという問い、気づきや自己との出会いの体験)」をしているところを垣間見る雰囲気(本人にとっては離人体験的でもある)を出そうとしつつ、語りもそこに並行させていく。

彼女が青春物語のヒロインであるかどうかはともかく、中学三年といえば、自分が自分以外の何者でもないことを事実として受け入れねばならない、ほとんど最終期限と呼べる年ではなかろうか。

ただ単に作品舞台を遠景で映しているわけではなく、すぐそこに故郷を眺める彼女の身体も視線も朧気に存在するため、開始から間もない9行目の段階で「キミジマ・レイは今年で十五歳、中学三年生になる少女だった」と、ここに正面から紹介する一文をすんなりと入れることができる――この呼吸はわりと重要なポイントなのだ。

一人称視点や自意識はあくまであやふやな、明晰夢の中でふと夢を見る自分の存在を感知するようなものであって、内面描写は三人称小説風のモノローグ的台詞の範囲に留める。客観視点でキャラクターを描く方針に変わりはない。さらに本文上では設定面について解説を入れる（「「テーマ」として――」「執筆の背景――」などとある部分）。小説の書き方として「なってない」かもしれないが、映画本篇冒頭の自宅内のシークエンスが会話主体の進行であり、場面描写の際になるべく地の文で語らずに済むよう負担軽減を図り、説明的台詞なども避けるようにしたいからだ。

受験生たる境遇や家庭環境などの設定自体は、部分的な変更点のほかは多くをアニメに負っている。独自色としてはニュータウン外の「広い世間」について、時代背景などにもベタに言及することにした。今回はこういうテイストになる。

こうして少女がこの町で「受験生らしからぬ」中学三年生になったのは、中二の冬休み中に阪神淡路大震災が起こり、終業式の日に東京都心で地下鉄サリン事件が起こったあとで、四月に新年度として迎えた一九九五年度のことだった。

九五年のこと

きちんとした設計図等はとくにないまま「内容を変える」という意識だけはあり、想定する窃視者的観客視点を保ってなるべく場面を描こうとした。一つの工夫でもない工夫として、効果音等を台詞と同等に、場面に一瞬先行する形で挿入してみたところ、自分としてはアニメらしい雰囲気が出てきたと感じられてうれしくなった。「場面を書ける」、まずはこのあたりで多少感覚をつかんだ。

前作より持ち越した検討課題として「貸出カード問題」があった。前回は出会いの舞台にできなかった市立図書館だが、今回はカード上にフルネームではなく利用者番号が記入されるようにし、少女は自分で番号を書き入れておきながらカウンターで貸出手続きをし忘れ、手元に残ったカードの存在に驚く。

作中の多摩丘NT市の市立図書館においては、そこだけアニメと同様にバーコード方式ではなくいまだに紙のブックカードが使用され、加えて貸出中は書籍のブックポケットからカードを抜いてカウンターで保管される。何しろ利用者の図書の検索手段が昔ながらの「カード目録」によるものだったりする（カウンターに「電算端末」くらいはあるかもしれない）。ここで展開上の構想（つまりストーリー上の都合）というものを初めて思い描く。少女は自分の番号「01888-1」が特徴的で他人から識別されることを気にしていて、カード方式の難点でもあるプライバシーの問題にぶつかる（……ちなみに返却本のブックカードには利用者登録番号がしっかりと残る。いくら旧式とはいえ、「読書の秘密」がまるで保全されないこんな原始的な貸出方式の公共図書館は現実にはないはずで、名付けるとしたら「反ブラウン方式」とでもいった阿呆らしい運用）。

本作アニメでカードを介して名前と出会う場面（「天沢聖司……どんな人だろう、ステキな人かしら……」）をそのままなぞる展開を回避し、さらに物語の本だけを追いかける夢見がちな少女という原作上の人物像に翻案の手を加えたのだった。こちらの少女はすでに「物語以外の本」を読むようになっていて、そのことにどこかまだ自分でも戸惑いがあり馴染めていない。あるいは「人間のことを知りたい」と怪しげな本に惹かれる中三女子は、他人に読書傾向を知られることを恐れている（例えば当初読んでいたのが『24人のビリー・ミリガン　下』。学校のベンチで偶然拾い上げて慌てふためいた本が『完全自殺マニュアル』）。

そして名前との出会いに代わる場面として、図書館内の棚でやはり怪しげな本（実在する翻訳書で『妖術師・秘術師・錬金術師の博物館』グリヨ・ド・ジヴリ著）を見つけ、そのブックカードに刻まれた「気になる数字の列」に出会うのだ。「……ん待って、今年の五月に借りたこの人、『01999-7』って……うわ、ちょっと何これ、もろに不吉な利用者番号」。

利用者番号を手がかりに棚にある本の側から、同じような読書傾向を持つ人物がいると知るようになる。狙いを定めて手に取った『ノストラダムス全予言』にもやはり同じ数字を見つける。

一九九五年度の中学三年生は、九九年七月を成人になる直前に迎える。今回はこの事実を強調し、「二十歳になれないまま死ぬかもしれない」という漠然とした不安と結びつく形で、ごく限られた世代が共有する気分を描けるのではないかと考え、とりあえず「オカルトVS自然科学」なるものを副次的なテーマに掲げてみた。あるいは「オウム真理教VS仏教」なども――今回も爽やかでないほうに舵を切ったのだった。

「天沢問題」――映像と文章ベースの差分

そこでやはり避けては通れない「天沢問題」である。筆者なりに期するものがあり、当然今回は主要人物として彼がヒロインの前に姿を現す。学校のベンチや図書館前で鉢合わせ、学年登校日の職員室で姿を見かけ、中盤までに「『自由工房　どわあふ』主人の孫」「なぜかヒロインの名前を知っている転校生」「自転車に『天野龍二』とある」というあたりまでは判明する。

作中のこの少年は、ヒロインに対してアニメ以上に強気で独り善がりな態度をとり、以下の三場面でのようにだいぶ強い口調で接してくる。

『完全自殺マニュアル』……なあお前さ、俺がこれ読んで自殺しそうとか思ったわけ？へっ、バカじゃねえの」

「ふうん、お前っていつも何か物食ってんのな……」

「お前、受験するんだろ？　高校行けよな、あんま本ばっか読んでないで」

少年の各台詞は、いちおうアニメ上にそれぞれ対応箇所がある。三つ目は地下工房での会話だが、しかしなぜこうも彼は頑なに正体を明かそうとしないのか――アニメではここでバイオリンその他の楽器と歌のセッションで盛り上がったあと、不意に名前が判明する。

雫「ええっ!?　セイジ？　あなたもしかして天沢聖司？」

聖司「ああ、あれっ？　いってなかったっけ俺の名前」

その瞬間の天沢聖司の、まるでこだわりのないあの表情をどう解釈すればいいだろう（本作アニメ中最大の謎）。一夜明けてもう翌日には、雨上がりの学校屋上でヒロイン相手に名前の件についての「告白」――図書館本のカード上で「ずーっと前から雫に気がついていた」こと、「図書館でなん度もすれちがった」とか「となりの席に座ったこともある」などの発言――をするというのに。そしてこんなにも純情な奴だ。

聖司「俺、お前より先に図書カードに名前書くため、ずいぶん本読んだんだからな」（さらにつづけて「俺……、イタリアへ行ったらお前のあの歌歌ってがんばるからな」)いま原作の台詞を多数引用してみてぼんやり感じているところでは、やはりアニメや漫画にはそれ特有の表現領域(絶対領域)があるだろうということ。たとえ生身の俳優がまったく同じように演技してもシリアスさリアルさにおいて微妙に及ばず――アニメに固有のリアリティーあるいはジブリの水準を保てずに――現実離れしてしまうというような、そんな領域を想像する(……われわれは後の「実写映画」にて、別のシナリオで屋上シーンを演じる二人の天才若年俳優らを目の当たりにするのだが、とはいえ例えばシリアスさにおいて誰がナウシカを、またアシタカを演じられるだろうか?)。よもや文章では太刀打ちできようはずもない。

そんな次元が異なる表現からは脱線すべくして脱線したというところではないか。こちらの「天野少年」の将来の夢はバイオリン職人ではなく、祖父の跡目を継ぐように腕利きの仏師になることで、すでに工房で修業を始めていたのだった。

一ファンによる「場面の記憶」は翻案的創作に多くのヒントを与えてくれるが、一面で躓きの石とも悩みの種ともなりうる。この手の作業で、普段は文献資料を相手にテキストベースで小説を発想する――ある意味で調べる過程そのものが本文となるような「(資料を)読んでいく小説」までを想定している――ためか、単純に参照元が映像だと何か用意がよすぎるという印象もある(構想段階ではどうかすると「小説向きでない」資料を選択しがちなのだ)。

突然ここで感覚的な話になって申し訳ないのだが、描こうとするその原作舞台にどうにか踏みとどまろうとして、場面や台詞を等身大のものに置き換える類の操作をくり返し、どうしても奇跡を否定するように自分なりの現実的解答の道を探っていたといえる。

書くことの抵抗と翻案

翻案小説版の「出会いの夕べ（セッションなし）」から先、九五年二学期以降の学校生活は描かずに、終盤の16頁分ほどは翌九六年三月の受験後のエピソードが中心だ。夏休みから一足飛びに春休みへ。今回の旅は原稿用紙二百枚を超えるものとなりそうだったが、時日の経過はそのようにしか書けず、「作文執筆」の決意の瞬間もエピローグ風にあとから振り返ることになった。構成上のバランスやペース配分などは原作に照らしてどうだったか、当然ながら話の展開には全体として大きなズレが生じている。

と、設定を変えたもののなかでもっとも大きな変更は、ヒロインが「物語を書く」部分についてだった。アニメでは二学期の中間テストが始まろうとする頃に、おそらく十月十一月の二ヵ月間という期限を決め、例の作中作「耳をすませば　バロンのくれた物語」が書かれ始める。天沢聖司が二ヵ月間の見習い修業でイタリアへ渡航することが、ヒロインにそう決意させるのだ。

雫「決めた！　わたし物語を書く。書きたいものがあるの。あいつがやるならわたしもやってみる」

この青春の雄飛を横目に、小説は前回と同様またしても平坦な道を選ぶことになってしまった。ストーリーからしたら一番の山場となるはずのクライマックス直前、ヒロインが試練を通して成長し変化する展開それ自体を場面として書かない選択をする。こちらの主人公は試練を乗り越えた後で、台詞中に回想内容としてそのことを描いたわけだった。

アニメヒロイン月島雫による初めての創作は、成績順位の低下もあり家庭争議まで巻き起こすが、そうした急迫的展開や葛藤に中年作家の自分こそが二の足を踏んだともいえる。創作すなわち青春という領域にはけっして到達できないまま、ここにまた一つの悔いを残して、受験生の物語は一度幕を下ろす。しかしなぜいつも青春は過ぎ去ったあとで振り返るものなのか、そこに見たのは九五年に高校一年生だった自分の、「青春を放棄した」人間の後ろ姿だったのかもしれない。

……ところでこの自作解説の主要部分を執筆している二〇二二年九月現在、ファンのあいだで話題の新作映画は公開まであとひと月を残すばかりとなっていた。漫画でもアニメでもない『耳をすませば』(平川雄一朗脚本・監督)は、原作の十年後を舞台とした実写映画である。そこにさらなる課題というべきもの、自分では決して書けないだろう領域があることを痛感させられる(十年後なんて書けやしない!)。加えていつもの「ドラマ忌避」の感情が猛然と頭をもたげてくる。ドラマをドラマたらしめる、物語的想像力を発揮することへの抵抗感というべきもの。解説執筆時点では映画は未見であり、期待と不安の入り混じった落ち着かない気分のなか、過去の実作とじっくり向き合うことになった。

一作目二作目ともおよそ問題点だらけという印象ながら、なかでもずっと気がかりだったのがその結末、すなわち自分が小説にどうケリをつけようとしたか、である。中篇「憧れの世界」では、実在する本が何冊か登場するものの、ついに最後まで小説作品はほぼ話題にすらのぼらない。あまり小説を読んでいそうにないニュータウンの少年少女たちは、一方で市内のさる中心駅（京玉NT新線「多摩丘セントラル駅」）にあるという遊興施設「虹共和国ビューワーランド」——二次元たるビジュアル世界に遊ぶビューワー（＝視聴者／見物人／観察者）たちの共和国——に首ったけだ。

ヒロインと小説を結びつけなかったことがやはり最大の失敗だったのではないか。そんな「わかりきったこと」にいまさら気づく体たらくなのだが、ではこの反省を活かすことにし、表題作のラストにおいてヒロインが十年後の未来に小説を書き上げるというエピローグを、今回本書収録の機会に加筆したのだった。たとえこの手の事後的修正が「甘さ」と受けとめられかねないとしても。

当時の翻案作業への熱中と、その過程についてじっくり考え解説さえしてみて、心境面だけでなく創作観の根本の部分で認識を新たにしたところがあった。どうやら多くの点で創作意欲が執着心に支えられているらしいこと。自分の想像力がいかに貧弱で信用しがたいものであるかということ――失敗は失敗でありすんなりとは翻案できず翻弄されてばかりいたにせよ、アンチロマン風の物語的想像力への懐疑とはまた別に、その失敗自体に目を向けることがこれだけ有意義だったとは、ほとんど創造的な行為ですらあるようにも感じる。失敗してよかったという単純な自己満足以上に、それが可能性を探る有効な手段であり必要な過程の一部だったと体感できてよかったといえる。と、ここに併せて「翻弄される楽しみ」をつけ加えてみたいというのが、事後における現在の心境なのだった。

(ここでさらに一言……) 創作上の失敗と翻弄と、一見してネガティブな要因と受けとめられがちなものでも、「事後の心境」からすると肯定できるところがある。つまり書くこと、とにかく書けるという一点において。――まったくの余談ながら、筆者は同一アニメの翻案を二度つづけたあと、別の翻案的中篇小説の執筆に乗り出し、結果どうしようもない「完ボツ事故」を引き起こすに至る。映画や物語のリライトではなく実用書(資格試験用参考書)を活用したテキストベースの創作なのだが、ここで話題にしたような映像的描写にあえて挑戦、盛大に「失敗」――女性主人公の女性性=セクシャリティをテーマとする中篇一五〇枚はあえなくお蔵入り――することになる。

こういうことはいえるかもしれない。原稿用紙百枚を超えてもなお、失敗に気づかず翻弄されるがまま人は小説を書くことができる――そんな苦い経験を通して思うのは、「翻弄されている」状況がときとして執筆のエンジンにもなりうるという事実。「心をザワつかせる」すべてのものに小説の可能性が宿っています。

終えて得たもの（スキル）とは？

「ジブリアニメの翻案」という格別の経験は、書き方のレベルから小説に変更を迫られるような特異な経験でもあった。影響を受けることはしかし翻案の醍醐味というべきところだし、実際それを期待してもいたのだった。だから翻案する。もしもこの創作態度に薄情さや不遜さが表れているとしたら、それは対象へのリスペクトが足りないせいではなく、単純に筆力の不足によるものだ。

ところで柊あおいの原作漫画を読むと、例えば登場人物の設定やキャラクターデザインが意外なくらいそのままアニメに引き継がれていたり（親友夕子、高坂先生、司書の父親、地球屋主人、バロン）、さらにいくつかのエピソードやシーンの内容までが直接再現される（図書カードの名前云々、夕子の恋の悩み、電車内の猫とバロンの来歴、神社での告白、日の出のクライマックス……ほか細かな類似場面多数）ところから、脚本・絵コンテの宮崎駿による翻案の仕事ぶりを逆算的に窺い知ることができる。

ヒロインを中学一年生から三年の受験生にしたのは大きな変更点だった。また自宅を一軒家から集合団地の一室に、舞台の土地をどこかの郊外から多摩ニュータウンへ（「地球屋」も丘の上へ)、天沢聖司をありきたりな画家志望からバイオリン製作の職人志望へと移し替える。「夢」に向けて一歩を踏み出す姿勢、家族との関係や故郷に向ける眼差し——コーラス部の設定と「翻案カントリーロード」の故郷ソング化——と、設定が変われば自ずと彼らの環境にドラスティックな変化が生じる。

仮にもし原作なしで一から構想を練ったとして、いくら優れたクリエーター集団の手にかかろうと、きっとアニメが想像力のみで同じ地点にたどり着くことはなかったと確信するのだ。そして、これぞ翻案というその真髄に触れたあとで、(プロデューサーも監督もハヤオさえも寄せつけない部分の一つとして)なおも原作漫画のタイトルが「耳をすませば」である事実そのものに撃たれる。絶対性とオリジナリティーと、何をどうしようと揺らぐことなく原作が原作でありつづけることに。

一方ずっと隅の末席に連なるこちらの身としては、構想段階からの翻案的創作についてであったり具体的な内容面の検討を通じて、少しは問題意識をもって自作二篇を振り返ることができた。創作面で実に多くの反省がもたらされるなか、積極的な意味における「アニメの効用」をそこに見ようとした。文章の質も描写の仕方もだいぶアニメに影響される。

部分的なものながら、例えば小説本文の段落末に「体言/名詞止め」を多用しているあたりなど、これが自分で書いた文章かと妙な感覚で眺めたりもした(例——「現実的問題、いま悩んでいること、誰かに話してしまいたいこと。(改行)」「君島家なんてずいぶんとまあちっぽけな感じ。（改行）」「早くも他人の自転車の操縦に慣れている。羽根のない飛行機。（改行）」……）。きっと自然とそう書かせる何かがある。

またその「ジブリ後」、先述したように別の題材で翻案的創作を試みようとし思わぬ陥穽にはまりこむ経験をした（自作解説はその「失敗」も踏まえて書いています）。しかし「翻案は可能性だ」との確信を得ていたからこそ身軽に動けたのだと思う。そしてそれまでの自分が到底書かなかっただろうものを書くようになる——失敗は失敗だろうと、翻案的にジブリと接した経験により、こういう姿勢だけはしっかり身についたのである。それも一つの実践的なスキルといえるだろうか。

執着心と想像力と、また書くことへの抵抗と、よくも悪くもそれらは創作に大きく影響を及ぼすものだった。では創作の方法（どう書くか）となると、それ自体をあまり突き詰めて考えても仕方がないし、まず題材にじっくり寄り添ってみたい。そんな姿勢で書くこともきっと許される——方法論や小説指南というわけではなくて、本書で示したいのはあくまで経験と実例（プロセスと実践）だけなのだ。

けっして議論の後退ではなく、小説の前ではそれしか有効ではないと考えるから。あるいは「小説を書く」という意識自体が本来的に必要だったのかどうか——自分の好きなもの＝題材にのめりこみたいとの姿勢で身を投じるようにしてそれを翻案することには、すなわちその移植や接ぎ木や置き換えや修正作業自体には、少なからず「書かせる」部分があるし、ひとたび始めてしまえば抵抗などもそのうち薄れていくものだと身も蓋もなく報告したい。

優れた古典は鑑賞するばかりか「書かれる」ことにも耐える。深く味わいたいもの、こっそり打ちこんでいること、わけもなく憧れている対象。ターゲットは何か、実はもうすでにそれぞれ自分のうちに見つけているか視界に入っているのではないか。集中より散漫、慎重より浅はかな態度で。完成度などは度外視して。

「じゃあ次は『なにで』小説を書こう……？」

今回身を以て経験したところからすると、もしかしたら小説が不得意だと感じる人間ほど翻案向きなのではないかと思えてならない。それですぐさま「何を書いてもいい（から書き出せない）」「何でも書ける（からこそ書き難い）」ような創作の出発点ともなるつかみどころのなさが解消されるわけはなくとも、きっと翻案という凡庸な行為に不自由さが伴うからこそ、そこでまた目いっぱい自由にやれる側面がある。誰しも気づいているように、創作には自由だけでなく制約も必要なのだった。

原作に寄り添うのかつきまとうのか、もたれかかるのかぶら下がるのか──どんな形であれ舞台にしつこく入り浸って、創作者としてのプライドや倫理観などは一旦捨ててかかった自由な気分のもと、（ここで「何でも小説になる」と嘯きたいなら嘯いて？）翻案的に書こうとするところから始めてみるのはどうだろうか。

参考文献

『ジブリの教科書9　耳をすませば』スタジオジブリ・文春文庫編（文藝春秋）、『シネマ・コミック9　耳をすませば』原作　柊あおい、プロデューサー・脚本・絵コンテ　宮崎駿、監督　近藤喜文（文藝春秋）、『妖術師・秘術師・錬金術師の博物館』グリヨ・ド・ジヴリ著、林瑞枝訳（法政大学出版局）、『ウェイリー版源氏物語1』紫式部著、アーサー・ウェイリー英語訳、佐復秀樹日本語訳（平凡社）

初出

巻頭エッセイ（書き下ろし）
憧れの世界（『文學界』2019年2月号掲載　↓収録時に加筆修正）
私、高校には行かない。（『文學界』2017年4月号掲載　↓収録時に加筆修正）
自作解説（書き下ろし）

青木淳悟（あおき・じゅんご）
一九七九年埼玉県生まれ。二〇〇三年「四十日と四十夜のメルヘン」で新潮新人賞を受賞。二〇〇五年、同作と「クレーターのほとりで」を収めた『四十日と四十夜のメルヘン』で野間文芸新人賞を受賞。二〇一二年『私のいない高校』で三島由紀夫賞受賞。著書に『このあいだ東京でね』、『学校の近くの家』、著作に「水戸黄門は見た」などがある。

憧れの世界
——翻案小説を書く

二〇二四年一二月二〇日　初版第一刷発行

著者　青木淳悟
装画　芦野公平
装幀　コバヤシタケシ
組版　飯村大樹
校正　サワラギ校正部
発行人　友田とん

発行所　代わりに読む人
〒一五三-〇〇六五
東京都目黒区中町二-六-九-三〇二
Email: contact@kawariniyomuhito.com
Web: https://www.kawariniyomuhito.com/

印刷製本　シナノ印刷株式会社

乱丁・落丁本はお取り替えいたします。

ご意見・ご感想は contact@kawariniyomuhito.com までお寄せください。

今後の活動の参考にさせていただきます。

Published by Kawariniyomuhito, Printed in Japan
ISBN 978-4-9910743-7-0 C0093